大卫·阿尔蒙德作品集

SKELLIG
当天使坠落人间

〔英〕 大卫·阿尔蒙德 著　　　蔡宜容 译

人民文学出版社
PEOPLE'S LITERATURE PUBLISHING HOUSE

著作权合同登记号　图字 01-2022-1280 号

SKELLIG
Copyright © David Almond，1998
This edition arranged with Felicity Bryan Associates Ltd.
through Andrew Nurnberg Associates International Limited
This translation of **SKELLIG** is published by Shanghai 99 Readers' Culture Co. , Ltd.

图书在版编目(CIP)数据

当天使坠落人间 /(英)大卫·阿尔蒙德著;蔡宜
容译.—北京:人民文学出版社,2017(2024.11 重印)
(大卫·阿尔蒙德作品集)
ISBN 978 - 7 - 02 - 012895 - 2

Ⅰ.①当…　Ⅱ.①大…　②蔡…　Ⅲ.①儿童文学-中
篇小说-英国-现代　Ⅳ.①I561.84

中国版本图书馆 CIP 数据核字(2017)第 108458 号

责任编辑　李　娜　王雪纯
装帧设计　汪佳诗

出版发行　人民文学出版社
社　　址　北京市朝内大街 166 号
邮政编码　100705

印　　刷　山东新华印务有限公司
经　　销　全国新华书店等

字　　数　115 千字
开　　本　890 毫米×1240 毫米　1/32
印　　张　5. 5
版　　次　2016 年 4 月北京第 1 版
印　　次　2024 年 11 月第 4 次印刷

书　　号　978-7-02-012895-2
定　　价　45. 00 元

如有印装质量问题,请与本社图书销售中心调换。电话:010 - 65233595

目　录

第一部
车库怪人和邻家女孩

第一章　新家的破车库

一个星期天下午，也就是我们搬到法尔科纳路的第二天，我在车库里发现了那个人。那时节冬日将尽，妈妈还说搬家时机正好，我们可以在新家迎春。车库里就我一个，其他人和死老头都待在屋里，为小宝宝的状况而伤透脑筋。

他就这么脏兮兮、灰扑扑地躺在一张茶几后头。从那种一动不动的姿态看来，仿佛从开天辟地起，他就一直躺在那儿了。他可真是脏透了，脸又那么干瘪苍白，我一度以为他是个死人。这当然错得离谱，因为没多久，我就开始认识有关他的一切，并且明白在这个世界上，他是绝无仅有的家伙。

由于那个房屋中介商斯通先生称呼这堆破砖烂瓦为"车库"，我们也只得从善如流。其实它更像是一座拆建中的工地，或者垃圾场，甚至是码头边上那种都快被拆光了的老式仓库。在参观房子时，斯通领着我们走过花园，推开门，用一个小手电筒朝黑漆漆的屋里照去，我们则挤在门口，伸长了脖子往里瞧。

"你们得用心看，"他老兄说道，"想象它换了扇门，屋顶也修好了，一派窗明几净的景象；想象一下它成为一座双车位车库的美妙模样！"

说着他转向我，露出一脸傻笑。

"当然也可以把它当成你和死党们的基地巢穴，意下如何呢，小兄弟?"我扭过头,压根不想和他多扯。反正在参观房子过程中,他说来说去就是要我们用心去看、去想象。我一直想着那个叫厄尼·迈尔斯的老头。他是这栋房子的前任住户,几年来都过着独居的生活。他死在厨房里将近一星期,尸体才被人发现。斯通不是要我们用"心"看吗?这就是我打心眼里看到的景象。我们走进饭厅,看见角落有一间三夹板搭成的破烂厕所。这时斯通居然又要我们发挥想象力,真不知道他希望我们用"心"看见什么,我真想叫他住嘴!但斯通压低了声音,继续又说什么厄尼后来又老又病,连上楼都无能为力,索性就把床搬进饭厅,还搭了一间厕所,这么一来,吃喝拉撒睡就省事多了。斯通看着我,好像觉得这些事有点儿童不宜。我满脑子只想离开,回到以前住的地方。但爸爸、妈妈把斯通的话都听进去了,他们当真以为搬进这里会是一场奇幻探险。好啦,房子买下了,他们开始大肆整理,又刷又洗,又是油漆又是上蜡的,忙得不可开交。然后小宝宝出生了,比预期中更早出生——太早了。这就是我们现在面临的状况了。

第二章　车库里的声音

上星期天早上，我真的差一点就走进那座车库了。我拿着自己的手电筒，站在门口往里头猛照。车库另一头紧邻着后面巷子，门板大概早八百年前就坏了，这会儿正是横七竖八地钉了不知多少片木板在出入口。支撑着屋顶的横梁，十根倒烂了九根，整座屋顶呈塌陷状态。地板上堆满了杂物和垃圾，少数留白的地方你就能瞧见坑坑洼洼的，尽是裂缝和破洞。替这栋房子收拾垃圾的人照说也该连车库里这些玩意儿一并收走，但他们约莫扫了这车库一眼，就立刻走人了。就算你肯多付点钱，不干就是不干。东西堆得可多了：老旧的五斗柜，破烂的字纸篓和一袋袋的水泥；墙壁上靠着几扇颇有年代的门扉，几张帆布躺椅搁在角落，帆布已经腐朽得面目全非；墙上的铁钉挂着成卷成卷的粗大绳子和缆线；堆得小山一样高的水管和一箱箱锈透了的铁钉几乎盘踞了整块地板。到处都是灰尘和蜘蛛网。墙壁一片斑驳，石灰水泥掉了一地都是。在一面墙上，居然让我发现了一扇小小的窗户，却脏得看不出所以然，窗前还杵着好几捆有裂纹的地板贴皮。这地方真是臭得可以——那种混着腐败和尘土的异味。这里的一砖一瓦都好像各自为政，随时有可能分崩离析。这座车库似乎已经活得老大不耐烦，就等着"轰"一声塌了，好叫铲车来铲个一干二净。

我听见角落里有一些窸窸窣窣的声音，好像有什么东西匆匆跑开。不过一眨眼的时间，一切归于平静，四周又是一片死寂。

我鼓起勇气往里头走。

正要一脚踏进车库时，我听见我妈的咆哮声。

"迈克尔！你想干吗？"她站在后门边上，"不是告诉你，要等确定没有危险了才能进去吗？"

我停下脚步，回过头看着她。

"怎样，你听清楚了吗？"她吼道。

"听清楚了。"我说。

"那就给我离车库远点儿！可以吗？"

我把门一推，它很快地半掩上了。

"可以吗？"她大叫。

"可以，"我说，"听见啦，可以，可以。"

"你是不是怕我们太闲啦？你以为除了操心你这蠢小子被这座蠢车库压扁之外，我们就没事干了？"

"听见了啦。"

"你给我离车库远点儿，行吗？"

"行行行，好好好。"

后来我就回到那片杂草堆里（他们说那是座花园），我妈呢，就回去照顾她那个蠢宝宝。

第三章　茶箱后的怪人

　　根据他们所勾勒的美丽新世界，花园应该是继主屋之外另一处美妙的所在。那儿将会放置着长板凳、木制桌子和一架秋千。屋外的那面墙则是要彩绘出足球门柱。那儿将会有一口青蛙小鱼快乐生长的池塘。但这会儿，什么也没有。眼下只看见野草一蓬蓬，野蓟和荨麻放肆生长，更别提满地散落的砖头和石块了。我站着，随脚一踢，一朵蒲公英千花万絮地飞散开来。

　　不一会儿，妈妈在屋里叫着问我要不要进去吃午餐，我说不了，我想留在外头。于是妈妈替我送来一份三明治和一罐可乐。

　　"不好意思，这里乱七八糟的，连我们的心情也跟着一塌糊涂。"她这么说道。

　　她碰了碰我的手臂。

　　"你可以体谅吧，迈克尔？是不是啊？"

　　我耸耸肩。

　　"是啊。"我答道。

　　她又碰了碰我，跟着叹了口气。

　　"等一切搞定之后，这里肯定会被整理得焕然一新。"她说。

　　坐在墙边的一摞砖块上，我开始有一搭没一搭地吃起午餐。我想起以前住过的兰登路和那群死党，比如说滑头和蠢哥。这会儿他们应该都混在小山丘上，玩个没完没了。

　　我听见门铃响起，然后死老头被请进客厅。我之所以称他"死老头"，是因为他形容枯槁，手上有一块块的老人斑，而且永远板着一张臭脸。有一次他结束看诊，开车离去的时候，我看见他燃起香烟，吞云吐雾起来。爸妈要我喊他"史大夫"。遇上非得和他招呼说话的场合，我当然是以"史大夫"相称，但对我来说，他就是"死老头"，这才真是名实相符。

　　喝完可乐后没多久，我再次走向车库。我不想浪费时间，也不大敢再驻足聆听那阵诡异的擦刮声。我把手电筒拧亮，深深一呼吸，然后踮着脚，一鼓作气往里头走。

　　地板上散落着一些黑色的小物件。车库大门吱吱嘎嘎晃了好一阵子，才终于静止不动。手电筒光闪过之处，灰尘如泉涌而出。有什么东西在角落里又抓又刮的。我蹑手蹑脚往深处走，额头不知撕破了几张蜘蛛网。其实，这里头杂物倒也打包得挺整齐的——老旧家具，厨房设备，捆成一卷一卷的地毯、管子、篓子，还有摞了好几摞的厚木板。水管、粗绳和帆布袋挂在屋顶横梁上，我得不时弯腰低头才能避开它们。一路走来，有更多蜘蛛丝掉落在我的衣服和皮肤上。地板破烂不堪，好像随时都会被踩得支离破碎。我顺手推开一个橱柜，用手电筒朝里头一照，木屑劈脸飞散开来。我憋着气往里头瞧，看见一只大石罐，周围还有一些小动物的尸骨什么的。不知打哪儿飞来这许多大头苍蝇，全都死在车库里，尸横遍野。地上堆了好些过期杂志和旧报纸，我看了一下，大概都是五十年前的老东西了。我一举一动都极小心，唯恐一个不慎，这地方就会分崩离析。我的喉咙、鼻子被灰尘堵得难受。我知道不一会儿就会有人吼着找我，我也知道自己最好早点滚出这个鬼地方。不过呢，我反倒贴近一摞大茶箱，用手电筒扫射茶箱后头的空间，然后我就看见他了。

我以为他是死了。他就那么伸长着腿坐着，头贴着身后那堵墙，朝天半仰着。他和车库里那些杂物没什么两样，浑身布满了灰尘和蜘蛛网，一张脸则是瘦削而苍白的。他的头发和肩膀上黑压压一片散着大头苍蝇的尸体。我把手电筒瞄准了他惨白的脸和身上穿的黑色西装。

"你想干吗？"他问道。

他睁开眼睛，直勾勾望着我。

他的声音尖锐急促，仿佛好一段时间不曾开口说话了。

"你想干吗？"

我的心脏擂鼓似的在胸腔撞击。

"我说，你想干吗？"

这时我听见有人喊我。

"迈克尔！迈克尔！迈克尔！"

我火烧屁股般窜出车库大门。

是老爸在叫我。他正缓缓向我走近。

"不是告诉过你了吗——"他一副准备说教的架势。

"是，"我说，"知道了。遵命！"

然后我开始掸掉身上的灰尘。有一只蜘蛛从我下巴上掉了下来，嘴上还挂着老长一条丝。

老爸单手把我搂住。

"我们是为你好。"他这么说。

说着，他从我的头发里捏出一只死苍蝇。

他狠狠推了车库侧边墙壁一把，一时间整座建筑物像是要肢解了似的晃动起来。

我一把抓住他的手，阻止他再来这么一下子。

"别这样!"我叫道，"好啦，我知道了嘛。"

他捏捏我的肩膀，告诉我很快一切就会渐入佳境了。

然后他笑了。

"在你妈看见之前，把这身灰尘清干净，嗯?"

第四章　小宝宝

那个晚上我几乎没怎么睡。好几次我真睡着了，就看见他走出车库，走过我们乱成一团的后院，然后登堂入室。我看见他就站在我卧室床尾，灰扑扑、脏兮兮的，浑身沾满了大头苍蝇的尸体。

"你想干吗？"他低声问，"我说，你想干吗？"

我要自己别蠢了。我压根儿从来没见过这家伙。一切的一切不过是南柯一梦。我静静地躺着，四下一片黑暗。我竖起耳朵，留意着周遭的动静。我听见老爸打呼噜的声响和小宝宝呼吸的声音。她的呼吸声嘶嘶嘶的，既短促又微弱。夜越来越黑，几乎伸手不见五指，我昏昏沉沉地睡着了。不多久，小宝宝号啕大哭起来。我听见妈妈下床喂她喝奶，听见妈妈温声软语地哄着小家伙，然后一切归于平静，老爸又开始鼾声大作，而我却怎么也没能听见小宝宝的呼吸声。

越想越不对劲，等我轻手轻脚下床，走进爸妈房里时，天已经微微亮了。小宝宝的摇篮紧邻着他们的大床，他们互相拥着，睡得正香。我望着小宝宝，把手伸进褓褓里，轻轻碰着她的小身体。我可以感觉到她的心跳很快，呼吸细微急促，小小胸脯一起一伏的。我觉得掌心传来一阵温热，她真是小，浑身软绵绵的。脖子上还沾着一点口水和牛奶。我不知道她是不是就快死了。在医院的时候，爸爸、妈妈为此烦心得不知如何是好。小宝宝还没能回家的时候，睡在医院保温箱里，浑身插满了吊管点滴。我们只能围成一圈，隔着那只"水族箱"似的玩意儿看她。

我抽出手，帮她拉拉小被子什么的。她的脸色死白，愈发衬得发色如墨一样黑。他们说我得为小宝宝祷告，但我不知道该祈求些什么。

"如果可以的话，你可要快快长大长壮一些哦！"我低声说。

妈妈醒了，睁着惺忪的睡眼望着我。

"你想干吗，宝贝？"她轻轻问着。

她侧躺着，朝我伸出一只手。

"没事儿。"我也轻轻回答，跟着又轻手轻脚地走回自己房里。

我望着窗外的后院。车库屋顶上有一只襟鸟叫了一阵子，拍着翅膀飞走了。我想起那人躺在纸箱后头，头发上结满了蜘蛛网。他到底在那儿干吗？

第五章　乘巴士上学

吃早餐的时候，我问他们打算怎么处置那座车库。

"什么时候才会有人来清理里头的东西啊？"我问。

妈妈咂一下嘴，叹了口气，然后翻眼瞪着天花板。

"那得等找到人再说，"爸爸答，"不过这也不急于一时嘛，儿子。"

"好吧。"我说道。

这一天，爸爸打算休假，待在家里做些整理工作。妈妈则是要带小宝宝上医院做检查。

"要不要我请一天假在家帮忙啊？"我提议着。

"好啊，"爸爸答，"你去把厄尼的马桶搬出来，然后好好地刷一刷周围的地板。"

"哦，那我还是上学去好了。"我说道。

于是我把午餐盒塞进背包，三步并两步往外走。

搬家前，他们问我要不要转学到附近学校，我拒绝了。我还是想留在肯尼街小学和滑头、蠢哥一道念书。就算这么一来我得每天搭公共汽车上学，但我并不在乎。这天早上，我倒觉得乘车上学反而给我一段整理思绪的空闲时间呢。坐在车上，我打算好好想想这阵子发生的事，脑子里却一片空白。我只是看着人们上车下车，有的乘客煞有介事地看报纸，有的则认真地抠指甲，也有人做梦似的盯着窗外景色。我想光是这么盯着人看，肯定是没法子看穿别人的心思，更别提知道他们日子过得怎么样了。就算你碰上了疯子或是醉汉，冲着你叽里呱啦说些神经兮兮的傻话，你也永远弄不明白他们究竟是什么样的人。

我真想站起来嚷道："我家车库里躺着一个人，我妹妹病得不轻，而今天是我搬家后第一天上学。"

但我当然不会这么做。我只是继续看着一张张乘客的脸，当公共汽车转弯的时候，身体跟着前前后后地晃动。如果这时候有人盯着我瞧，我料他一样看不出个所以然。

重回学校，感觉有点怪怪的。家里发生这么多事，学校却还是老样子。集合的时候，拉斯普京还是不停地要大伙保持高昂的心情，大声唱歌。雪人没事就在走廊上吼着要大家靠左边走动。米特德福这只老猴儿在我们算不出分数运算的时候，一样涨红了脸猛顿脚。克拉兹小姐说到希腊神话故事里，一心想飞上天的伊卡洛斯，因为飞得离太阳太近，终致翅膀融化，像落石一般，活生生地从父亲代达罗斯眼前栽进海里——她眼里蓄满了泪水。午餐时间，滑头和蠢哥为了一记射门是否越线争个没完没了。

种种种种，我根本懒得答理。

我走近操场边上的篱笆，靠在上头，遥遥望向新家坐落的位置。

打扫操场的丹多太太缓缓向我走近。她和我父母是多年旧识了。

"迈克尔，你还好吧?"她问道。

"很好。"

"那小宝宝呢?"

"也很好。"

"今天不踢球了?"

我摇摇头。

"帮我跟你爸爸、妈妈问候一声。"她说道。

然后她从口袋里拿出一颗橡皮糖,递给我。一颗橡皮糖。反正新生或转学生心情低落还是为了什么事不开心,她就会奉上一颗橡皮糖。

"只给你一个人哦。"她低声说着,还挤了挤眼。

"不了,"我说道,"不了,谢谢。"

接着我往回跑,顺势给了蠢哥一脚,将他铲倒在地。

一整天我都想着是不是要把在车库里看见的景象告诉什么人,结果我跟谁也没说。我告诉自己,这一切不过是场梦,它一定是场梦。

第六章　鸟　尸

回到家，我发现原本厨房里厄尼的马桶不见了，地板上留下一个大窟窿。爸爸朝里面灌水泥，把窟窿填平。三夹板纱门也不见了。厄尼那个旧电暖器不知道被扔到哪儿，壁炉后面于是空出一段正方形的黑色间隙。地板湿透了，而且透着一股刺鼻的消毒水味道。爸爸浑身汗水淋漓，又脏又臭，却冲着我咧嘴猛笑。他引我走向后院。那座马桶四平八稳地搁置在杂草丛当中。

"这可以当成咱们的花园特别座。"他说道。

电暖器和三夹板纱门就堆在车库门口，一直没拿进去。

他看着我，眨眨眼。"过来看看我发现什么了。"

他又引我走向车库大门。

"捏住鼻子，"他说，接着他弯下身子打开一包用报纸裹住的东西，"捏紧了没？"

包裹里是鸟尸，一共有四具。

"我在电暖器后面找到的，"他这么告诉我，"一定是被卡在烟囱里，结果飞不出去。"

其中三只应该是鸽子，因为它们身上灰白交错的羽毛都还纹理清楚。第四只看起来也像只鸽子，然而却浑身漆黑。

"这只是最后出土的，"他说，"它整个埋在烟囱里，那层厚厚的煤灰里。"

"所以它其实也是只鸽子喽?"

"是啊。只是被埋在煤灰里太久太久了。"

他一把抓起我的手。

"你摸摸看,"他说,"感觉一下。快嘛,没事的。"

我由着他抓住手指,去碰触那几具鸟尸。它们硬得像石块似的,就连羽毛也不例外。

"埋得太久,都快成了化石了。"他说道。

"它们硬得跟石头一样。"我说道。

"没错,硬得跟石头一样。"

然后我就走进厨房洗手。

"今天还好吗?"他问道。

"还好。滑头和蠢哥说他们星期天可能会来找我。"

"那好啊。你自己搭公共汽车上下学没问题了嘛,是不是?"

我点点头。

"说不定我下星期可以开车送你上学。"他又补了一句,"只要事情上了轨道应该就没问题。"

"没事。"我说,"噢,丹多太太问起小宝宝的事。"

"你有没有告诉她,宝宝很好?"

"嗯。"我回答。

"那就好。去吃点东西吧,可乐、三明治还是什么的。等其他人回来的时候,我再泡茶。"

说完,他就上楼泡澡去了。

我的心早就飞到后院去了。但我耐着性子等了又等,仔细听着楼上洗澡水从水管里汩汩流出。然后我从杂物架上找到了手电筒，一双手抖得厉害。走出厨房，我笔直地前进，走过厄尼的马桶、电暖器和那四只死鸽子，最后停在车库门口。扭亮手电筒，我深深吸了口气，踮着脚，小心翼翼地往里走。蜘蛛丝和尘埃立刻劈头盖脸扑了上来，我老想着这地方随时都会倒塌。角落里又响起窸窸窣窣的声音，我挨着成堆的垃圾和旧家具慢慢前进，心跳得跟擂鼓似的。我告诉自己别傻了，这一切不过是南柯一梦，我是断然不可能再看见那个人的。

但我看见了。

第七章　阿司匹林

我整个人贴在那叠茶箱上，拿手电筒朝那人藏身的角落照去。那人动也不动，睁开眼睛瞟了我一眼，随即又闭上。

"又是你。"他说，声音破锣似的。

"你在这儿干吗呢？"我低声问道。

他叹了一口气，一副槁木死灰、百无聊赖的样子。

"没干吗，"他一迭连声，粗哑着声音说道，"没干吗，没干吗，没干吗。"

有只蜘蛛大摇大摆地从他脸上爬过。他用两根指头轻轻捏住，一把往嘴里扔。

"很快就会有人来清理这堆垃圾了，"我说，"而且这地方根本就随时可能垮掉。"

他又叹气了。

"有没有阿司匹林？"

"阿司匹林？"

"算了。"

他的脸白得像干裂的石膏，黑色西装空荡荡的，像只布袋挂在一把骨头上。

我的心怦怦跳得很快。灰尘太厚，呛进了我的鼻孔和喉咙。我咬着嘴唇，上上下下打量他。

"你该不会是厄尼·迈尔斯吧?"我说。

"我会是那个咳得要死要活、口水乱喷的老家伙?"

"抱歉。"我声音低得不能再低。

"你又想做什么呢?"他反问。

"没什么。"

"你有没有阿司匹林?"

"没有。"

"谢谢噢!"

"你打算怎么办?"我问,"他们就要清理这地方了,这里又迟早会垮掉,你打算……"

"不怎么办。你走吧。"

我留意着外面的动静,担心家里人会找我。

"你可以进屋里来啊。"我这么说。

他放声笑了。脸上却一点笑意也没有。

"你走吧。"他轻声说道。

随手拾起一只掉在身上的大头苍蝇,他又"刷"一下往嘴里塞。

"需不需要我带点什么给你?"我问道。

"阿司匹林。"他哑声说。

"那吃的呢?"我又问。

"27 号跟 53 号。"

"那是什么?"

"算了。你走吧!走吧。"

我掉转身子，离开黑漆漆的车库，重见光明。我一边掸掉身上的蜘蛛丝和灰尘，一边抬头朝二楼浴室望去。透过雾蒙蒙的窗户，我能看见爸爸的身影，听见他又哼唱起那首《达科他的黑山》。

"你就是那个新搬来的男孩?"一个声音突然问道。

我转身，看见一个女生双手撑着，把头挨在我家后院的围墙上。

"你就是那个新搬来的男孩吗?"她又问了一遍。

"是的。"

"我是米娜。"

我瞪着她，一言不发。

"然后呢?"她说道。

"什么然后呢?"

她咂了一下嘴，晃了晃脑袋，然后用一种不大耐烦的声音，吟唱似的说道："我是米娜，阁下是……"

"迈克尔。"我说道。

"很好。"

然后那颗脑袋消失了。我听见女生往后一跃，双脚落地的声音。

"很高兴认识你，迈克尔。"隔着墙壁，她丢下这么一句，然后啪啪啪地跑远了。

第八章 外卖 27 号和 53 号

等爸爸洗好澡下楼之后，他开始抱怨起家里没东西可吃，一会儿说没有面包了，一会儿说鸡蛋也吃完了。最后他说："不如我们来叫点外卖吧，怎么样？"

一语惊醒梦中人，我脑子里灵光乍现。

爸爸坐在一旁，手里拿着中国餐馆的外带菜单，正在选菜。

"等你妈回来的时候，晚餐也差不多该送到了，"他说道，"你想吃什么？"

"27 号跟 53 号。"我想也不想，脱口而出。

"好小子，"他说道，"看也不看就选定了。你还有什么把戏啊？"

然后，他把点好的菜都记了下来。

"妈妈要招牌炒面，你要春卷和叉烧肉，我要蘑菇牛肉。给你妹妹点个炸海带和虾饼好了。如果她没兴趣的话，正中我们下怀，活该她不吃。反正到头来她也只能乖乖喝下没滋没味的母奶。"

他打电话给中国馆子订餐，给了我钱，差我跑腿把食物提回来。我拎着大包小包回到家时，妈妈和小宝宝也已经回来了。她有点小题大做地向我问长问短，什么搭车上下学的情况啦，学校里的种种啦。后来小宝宝在她的肩膀上吐奶，她只好去忙着收拾残局。

爸爸一阵狼吞虎咽，把他的蘑菇牛肉一扫而空，还吃掉了炸海带跟虾饼。他嘴上说，今天光是吃厄尼这栋屋子里的灰尘就已经饱了，一面却又咕噜噜地灌了一瓶啤酒。当他瞧着我盘子里还剩了大半，居然举起叉子打算进攻。

我连忙举手护着盘子。

"你会变胖哦。"我说道。

妈妈笑了。

"是变得更胖吧？"她说道。

"我饿惨了，"他如此辩解，"我今天可是像个奴隶似的为你们这一家子做尽苦工。"

他说着伸手逗弄小宝宝的下巴，还吻了她一下。

"特别是为了你哦！小妞妞。"

我双手护着盘子，丝毫不懈怠。

"胖子。"我说道。

他撩起衬衫，用手抓了抓肚子上那圈肚腩。

"看吧！"妈妈这么说着。

爸爸只是盯着我们瞧。

他把手指伸到我餐盘里摁了摁。

"美味极了，"他说，"不过呢，也真够了。我今天可是饱餐一顿呢。"

话才说完，他走到冰箱，拿出第二罐啤酒和好大一块奶酪。

我把吃剩的 27 号跟 53 号全倒进一个外卖餐盒，然后放进院子里的大垃圾桶。

第九章 树上的米娜

傍晚时分，我再度见到米娜。当时我和爸爸都在长满蓟草和蒲公英的前院里。他又开始勾勒这方院子的美丽远景：这儿栽棵树，那儿种点花儿，靠近前门窗户底下还可以放上一条长板凳。然后我看见米娜。就在同一条街上，前面不远的一栋宅子里，米娜端坐在前院的一棵树上。她手上拿着一本册子和一支铅笔，还不时咬着笔杆痴痴仰望树梢。

"不知道那孩子是谁呢？"

"她叫米娜。"

"噢。"

她肯定知道我们在看她，却是连动也不动。

等爸爸进屋里检查餐厅新铺的水泥地，我就开门走了出去。我一直走到那棵树下，抬头看着米娜。

"你在那上头做什么？"我问道。

她咂了一下嘴唇。

"冒失鬼，"她说，"你把它吓跑啦。典型冒失鬼。"

"把什么吓跑了？"

她把册子和笔塞进嘴里咬着，攀着树枝荡了一荡，跳进了自家前院的花园。她站定以后，就这么瞅着我。这个女生个子好小，头发黑得煤炭似的，一双眼睛仿佛能把人看透了。

"算了，"她说道，"反正它还会再来。"

说着，她指向屋顶，有一只襟鸟停在那儿。它上上下下晃着小巧的尾巴，叽叽喳喳叫得可热闹了。

"这种叫法是在发出警告，"她说，"警告它的家人危险近了。你就是那个危险分子。"

她又指向树梢。

"如果你爬到刚才我那个位置，顺着树干往前看，你就能看见它的鸟巢。里头有三只幼鸟哩。不过我可不准你靠得太近。"

她坐上了花园的围墙，面对着我。

"这就是我家，"她说，"七号。你是不是刚添了个小妹妹？"

"是啊。"

"她叫什么名字？"

"还没取呢。"

她咂了一下嘴，眼珠滴溜溜打转，然后望向天空。

不一会儿，她把手上的册子打开。

"看看这个。"她说道。

那是本画册，里面画的全是鸟。全部都用铅笔画成，其中还有不少是上了颜色的。

"哪，这就是刚才那只襟鸟，"她说，"这种鸟到处都能看见，普遍得很，但还是美得不得了。这是燕子。这几只是山雀，而这就是可爱的燕雀喽。还有还有，你看这是我上星期四发现的金翅雀。"

她让我细细欣赏那只彩绘着红色、绿色和鲜黄色的金翅雀。

"这是我的最爱。"她说，然后一把将画册合上。

"你喜不喜欢鸟呢?"她问道。脸上露出了那种好像我做了什么惹她不高兴的事儿的表情。

"不知道。"我答道。

"哼!我就知道。那你喜欢画画吗?"

"有时候吧。"

"绘画让你能更深入地观察世界。它能帮你更透彻地看清楚一切事物。你知不知道啊?"

我没说什么。

"襟鸟是什么颜色的?"她突然问道。

"红色。"

"哈!既不长眼,也不用脑。"

她掉转身子跳进花园。

"我得进去了。"她说,"希望可以再见到你。如果可以的话,我也想看看你家小妹。"

第十章 极 品

那天晚上，我本想硬撑着不睡的，没想到三两下就进入梦乡。我梦见小宝宝不知怎么竟跑进米娜家花园里的襟鸟巢。母鸟喂她吃些苍蝇、蜘蛛什么的，居然还把她养得越来越壮，壮得能飞离鸟巢，飞过屋脊，直飞到车库顶上，这才停了下来。米娜坐在墙上画她。我一走近，米娜就轻声说道："别靠近，你这个危险分子。"

是邻房小宝宝的哭声把我从睡梦中吵醒。

我躺在床上，听着妈妈在隔壁房间低声细语，耐心地哄着，小宝宝一个劲儿地抽抽搭搭，一会儿又嘶嘶嘶吸奶吸得不亦乐乎。等这段午夜喂食告一段落，外头已经响起鸟儿此起彼伏的鸣叫声。等确定所有人再度熟睡，我悄悄下床，添了件衣裳，握着手电筒，蹑手蹑脚地穿过他们房门口。我先到浴室里拿了一瓶阿司匹林，然后下楼。我打开后门，小心翼翼地走进后院。

翻了翻垃圾桶，我在报纸和一堆杂草下找到那只外卖餐盒。餐盒斜倒，汤汁酱料流失大半。我打开盒盖一瞧，原来叉烧肉冷了之后，是这么红彤彤、黏答答的恶心模样。我顺手把烂巴巴的春卷搁了进去，两盒混做一盒，然后拎在手上，走向车库。

"傻蛋，"我这么告诉自己，"你真是傻得没治了。"

襟鸟还在车库屋脊上。我注意到它张嘴鸣叫的时候，黄色的鸟喙撑得可真开。天色微微亮了。灰蒙蒙的天空隐约透着一束金蓝交织的光。

我扭亮手电筒，深呼吸，然后一脚踏进车库。那股窸窸窣窣的声音又响了起来。不知道什么玩意儿打我脚上一掠而过，吓得我险些把餐盒弄翻。我慢慢走向茶箱，拿着手电筒往角落里照去。

"又是你？"他哑声问，"我以为你不会再回来了。"

"我给你带了点东西。"我说道。

他这才睁开眼睛，正眼瞧我。

"阿司匹林，还有 27 跟 53 号。春卷跟叉烧肉。"我说。

他笑出声来，脸上却没半点笑意。

"原来你只是长得蠢，倒不算太笨。"他粗声粗气地说道。

我隔着茶箱把餐盒递了过去。他虽然伸手接了，却抖得颤颤巍巍，我只好再次接手。

"使不上力。"他真是个破锣嗓子。

我硬是挤过那摞茶箱，跪坐在他身旁。我一手捧着餐盒，一手还负责灯光照明好让他进食。他二话不说，伸出手指就往餐盒里够。接着就见他有滋有味地舔着指头，状甚痛苦地发出呻吟。当他再度用手蘸着汤汁往嘴里送的时候，顺势勾出一根和着黏稠酱料的黄豆芽。这家伙伸出舌头，贪婪地又舔又吸。他稀里呼噜地将叉烧和香菇一扫而空。一口接一口地把春卷往嘴里塞。红色的酱汁从他嘴边流窜到下巴，再顺着滴落在他的黑外套上。

"啊——哈——"他发出这样的声音，"唔——噢——"

他应该爱死这些食物了，但那声音听起来又好像身体正遭受极大痛楚似的。我把餐盒又朝他推近一点。他又蘸、又舔、又呻吟地全盘重新上演。

"把阿司匹林放进去。"他说道。

我放了两颗阿司匹林在酱汁里,他捡了就往嘴里送。

他开始打嗝,嗝了又嗝。他的头歪靠在墙上,形状古怪的手有气没力地瘫在身体两侧。

"极品,"他轻声说道,"这27号跟53号是极品。"

我把餐盒搁在地板上,借手电筒的光,把他看个仔细。他苍白的脸上横七竖八地布满了皱纹,下巴颏上冒出几根淡得看不出颜色的汗毛,沾在嘴唇下方的红色酱料就像凝固了的血。当他再度睁开双眼,我看见他眼底结了网似的泛着红丝。他周围有一股混着灰尘、旧衣服和汗臭的怪味道。"看够了没有?"他轻声问着。

"你打哪儿来的?"

"哪儿也不是。"

"他们就要清理这地方了,你打算怎么办?"

"不怎么办。"

"你打算——"

"不怎么办,不怎么办,就是不怎么办。"

他的眼睛又合上了。

"把阿司匹林留下来。"他说。

在把瓶盖扭开之后,我原本想把药瓶放在他身旁的地板上,却摸到一小堆毛茸茸的球状物。我随手抓起一个,用手电筒一照,发现那是一团被动物毛皮裹住的小骨头片子。

"看什么啊?"他问。

我连忙把它放回原位。

"没什么啦。"我这么回答。

襟鸟在屋脊上越叫越起劲。

"有一位大夫,他会固定来帮我妹妹做检查,"我说,"我可以请他也帮你看看。"

"不准带医生来。不准带任何人来。"

"你是谁?"

"谁也不是。"

"我能做点什么吗?"

"不必。"

"我有个刚出生不久的小妹妹,她病得不轻。"

"哈,婴儿!"

"你有没有办法帮点忙啊?"

"去!这饿了哭、吃了拉、拉了睡的玩意儿!"

"我叫迈克尔。我得走了。你要不要我下回帮你多带点什么?"

"不必了。就27号跟53号行了。"

他又打了个嗝,气味真够呛。不只是刚才下肚的那些中国食物,特别是他之前胡乱吃下的死苍蝇、死蜘蛛什么的,真能把人给熏死。他喉间一阵咕嘟,然后整个人突然往前俯,好像随时连五脏六腑都能吐得满地。我连忙伸手揽着他的右肩,免得他栽倒。这时我感觉他肩膀下方好像有什么突起物,好像是什么东西被外套给裹住了。他干呕了一阵,我则使劲憋气,尽量不去闻他由里到外散发的气味。我悄悄把搁在他右肩上的手往左移动,果不其然又摸到了另一个古怪的突起物。感觉好像是一只细瘦的胳膊被折叠收藏起来，收发自如，而且弹性十足。

他只是干呕，终究没有吐出什么来。折腾了一会儿，他又仰靠在墙上，我也顺势把手抽走。

"你是谁啊？"我又问。

襟鸟鸣叫声不绝于耳。

"我一定会守口如瓶。"我说道。

他抬起一只手，就着手电筒的光，目不转睛地研究着。

"我是三分不像人，七分不像鬼，"他这么说，"我被关老爷上身了。"

他自顾自笑了起来，脸上却没有丝毫笑意。

"关节炎，关老爷子，"他沙哑着说道，"他就是在我骨头里作怪的家伙。他能一点一滴把人变成石头，然后你就等着风干破碎吧。"

我碰了碰他肿胀的指关节。

"那你背上的东西又是什么呢？"我问道。

"外套，我身上那点皮包骨，和一块又一块关老爷的杰作喽。"

我悄悄抬起手，打算趁机再摸一下他肩胛下方。

"摸了也是白摸。"他粗哑着声音说，"什么也没有，摸不出名堂的。"

"我得走了，"我说，"我会拦着不让他们把这里清掉。我会再多带点东西给你，但我不会带死老头来烦你。"

他伸出舌头舔了舔沾在下唇已经干了的酱汁。"27 号跟 53 号，"

他说道，"27 号跟 53 号。"

一走出车库，天已经大亮了。襟鸟在花园里飞高蹿低，叫声不绝于耳。我蹑手蹑脚地走进屋里。在回自己房间之前，我又到小宝宝摇篮边逗留了一会儿。我将手伸进襁褓里，她小小的胸脯随着规律的呼吸起伏着，那么暖呼呼又软绵绵的。小小的骨架仿佛一捏就要碎了。

妈妈睁开惺忪的睡眼看看我。她根本还没醒透。

"嗨！"她轻轻打了声招呼。

我踮着脚走回自己房间，爬上床睡回笼觉。

那天我梦见自己床上像鸟窝似的满是枯枝树叶，四处还沾着羽毛。

第十一章　进化图

整个早上，爸爸就说他四肢百骸没一处舒坦。他说自己几乎动弹不得，背痛得要死，浑身僵硬得像电线杆。

"阿司匹林放在哪里？"他在楼上大声叫嚣着。

妈妈笑了。

"活动筋骨对他只有好处。"她这么说道，"正好帮他甩掉那身肥肉。"

爸爸又吼了起来："来人哪！那些天杀的阿司匹林跑哪儿去了？"

我只当做没听见，在小宝宝脸上吻一下，便赶着搭公共汽车上学去了。

那天早上是拉斯普京的自然科学课。他给我们看了一幅人类进化过程的挂图。一堆猴子人猿渐渐进化成类人猿一类的生物，然后又逐步变成我们现在这副模样。从挂图中可以看出，人类在进化过程中愈站愈直，毛发也不再那么茂密生长，而且还开始学会使用各种工具；又因为脑容量变大了，头颅的形状也跟着产生变化。蠢哥压低声音说这全是鬼扯一通，他老爸就说猴子怎么也不可能进化成人类，还说光是看那些猴头猴脸就再清楚不过了。倒也言之成理。

我问拉斯普京，照这么进化下去，我们的外形是不是还会有所改变。他老兄说道："谁知道呢？迈克尔，也许进化是个无止境的过程。也许我们的人模人样会持续产生多元的变化。"

"狗屁不通。"蠢哥轻声说道。

后来我们依着挂图画起人猿和人类的骨骼图。我想起米娜说绘画可以让人看清世界什么的，于是就全神贯注地死盯着挂图。跟着我又举手提问："老师，肩胛骨有什么作用吗？"

拉斯普京抬起头，眉眼全皱在一起。他笑着伸手摸摸背上的肩胛骨。

"我是知道我妈那一辈人的说法啦，"他说道，"但实际有什么作用，我还真摸不着头脑呢。"

下课后，蠢哥缩头拱肩还装屌斗，在走廊上又吼又叫，来来回回追着女孩们跑。

到后来，露西·卡尔索性放声尖叫。

"别闹了，你这只猪！"她叫道。

蠢哥哧哧哧笑得可开心了。

"猪？"蠢哥装腔作势地说道，"我才不是猪呢，我是黑猩猩。"

说完又追着她跑。

等大伙儿到操场踢起足球时，我才知道昨天大半个晚上没睡觉可有多累人。滑头一直问我怎么了，因为我的表现真是差劲透了。当我一个人站在场边的时候，丹多太太又凑了上来。

"怎么啦？"她问道。

"没事儿。"

"小家伙还好吧？"

"还好。"

然后我就死盯着地面，不看她。

"有时候我以为她没气了，"我说道，"就会上前察看一下，她倒是还好。"

"她会没事的。"丹多太太说道，"小宝宝都是惹人操心的，不过啊，要不了多久，他们就会活蹦乱跳地让你大喊吃不消。"

说完她摸摸我肩膀。有那么一下子，我想着该不该告诉她车库里那个人的事。但我瞄见滑头一直盯着这个方向看，于是我耸耸肩，把她的手甩开，然后跑回操场，一边叫着："做球给我练练头锤功夫！做球给我！"

整个下午，我都昏昏欲睡。数学课之后是克拉兹小姐的阅读课。这回她念了一则尤里西斯和同伴们被困在独眼怪兽波吕斐摩斯洞穴里的故事。当她读到这群倒霉鬼靠着扮成公羊得以逃生的时候，我几乎睡着了。

在回家的公共汽车上，我一直端详着在课堂上所画的骨骼图。坐在我旁边的老头浑身透着尿骚味和烟味，膝盖上还放着一瓶酒。

"那是什么？"他问道。

"人类远古以前的模样。"我这么回答。

"哦。我倒不记得自己曾是这长相，"他说道，"话说回来，我也够老的了。"

然后他开始絮絮叨叨地说起自己年轻的时候，曾经在马戏团里看过猴戏。他说那猴子被训练得能泡茶，但再怎么能干也还是猴子，左右不像个人。不过，这也难说，没准训练才刚起步而已呢。他自顾自说着，嘴角泛着口沫。我看得出来，他其实已经醉得有点颠三倒四的了。

"我家车库里住了一个人。"好不容易等他闭嘴了,我便插了这么一句。

"啊?"他说。

这老酒鬼用手捂着嘴,咕哝了几句。他好像很认真地在思索着什么事情。

"啊,"他仿佛记起什么来了,"还有一个荡高空秋千的漂亮小姐。她简直像长了翅膀能飞似的。"

第十二章　肩胛骨，长翅膀的地方

我到家的时候，死老头和爸爸、妈妈都在厨房里。他把小宝宝平放在腿上，正在帮她扣小衬衣。死老头朝我眨眨眼算是打招呼，爸爸则顺手在我肘间戳了一把。我注意到妈妈板着脸，脸色很难看。

"都是这鬼地方害的！"死老头前脚刚走，她立即发作，"环境这么脏乱，她怎么可能长得好？"

她朝窗外一指。

"我没说错吧？"她说道，"瞧瞧那见鬼了的马桶。一堆破砖烂瓦。这座园子真是活见鬼！"

然后她哭了起来。她抽噎着说："我们根本不该搬离兰登路，我们压根不该搬进这座又脏又臭的废园子。"她抱着小宝宝在厨房来来回回地踱着步。

"小宝贝，"她喃喃说道，"我可怜的小宝贝。"

"小宝宝得再住院。"爸爸轻声告诉我，"不必太久，只是方便让医生多观察几天，只是这样而已。她不会有事的。"

他盯着窗外的院子好一会儿，说道："我会再认真点干活，等她出院回家，我会把一切都搞定了。"

"我会帮忙。"我说道，但他似乎没有听见。

后来我们就着茶随便吃了点面包和奶酪。小宝宝静静地躺在一旁的小提篮里。妈妈上楼收拾小宝宝住院要用的东西时，我把课堂上画的那幅骨骼图拿出来放在桌上，心不在焉地打量着。

"不错嘛。"爸嘴里这么说，其实心思不在那上头。

我走上楼，坐在楼梯间看妈妈把内衣、尿片和外套什么的往手提箱里扔。她不停地咂嘴，又不时发出"噢！噢！"的声音，好像诸事不顺，惹得她极懊恼似的。看见我坐在那儿，她强作微笑，才一咧嘴，却又咂起嘴。

等一切收拾好，她说："别担心，住几天就回来了。"

说完，她俯下身子，把手放在我头上。

"肩胛骨是做什么用的？"我问道。

"拜托，迈克尔！"她说道。

她一下子站直了，匆匆地往楼下走，好像快被我逼疯了。但走到一半，她停下脚步，走回我身边，用手在我肩胛骨上下摩挲。

"有人说，肩胛骨是当我们还是天使的时候，翅膀生长的地方，"她说，"也有人说，总有一天，我们的翅膀还会从那里长出来。"

"这只是个故事吧？"我说，"一个哄小孩的童话故事吧，对不对？"

"谁知道呢？说不定我们都曾拥有过翅膀，说不定它们总有一天又会长出来。"

"你想小宝宝是不是长过翅膀啊？"

"噢，那小家伙肯定是长过的，看也知道。有时候我真觉得她还停留在从天堂降临人间的途中，还不完全算是凡夫俗子呢。"

她微笑着说话，眼里却蓄着泪。

"也许就是适应不良，才让她吃这些苦头吧。"她这么说道。

我看着妈妈，心想如果告诉她车库里住了个人，不知道她会做何反应。但我终究是没说。

妈妈下楼之前，我抱了小宝宝一会儿。我轻轻触摸着她的皮肤和她小小柔弱的骨架。我特别又摸了摸她以前翅膀生长的地方。然后我们全家一起上车，往医院出发。等妈妈和小宝宝在儿童病房安顿好了，爸爸就载着我回到法尔科纳路。偌大的屋子里显得空荡荡的，我跟爸爸互相看了一眼，没说什么。接着他就开始粉刷餐厅的墙壁了。

我画了一具人骨架，从肩胛骨的地方长出一对翅膀。

我不经意抬头望向窗外，看见米娜高高地坐在我家后院的墙上。

第十三章　米娜的阁楼

"你不开心哦。"她说。

我站定，抬头看她。

"小宝宝又住院了。"我说。

她叹口气，然后目不转睛地盯着一只在半空盘旋的鸟。

"她看起来好像随时都会翘辫子。"我说。

她又叹了口气。

"想不想跟我去一个地方？"她问。

"一个地方？"

"一个秘密的地方。一个没有人知道的地方。"

我回头朝正屋里瞧，透过餐厅的窗户可以看见爸爸正在干活。

"要不了五分钟，"她说，"你爸根本不会发现。"

但愿如此。

"走吧。"她低声说，我悄悄打开后门，闪进巷子里。

"快！"她一面低声吩咐，一面压低身子拔腿开跑。

跑到路的尽头，她带着我转进另一排房子的后巷。围墙后面的人家比我们那一区的房子更大、更高，也更老旧，后花园也更宽敞些，园子里种了不少高大的树。这就是克洛街了。

她在一扇深绿色的门前停了下来，然后不知从哪儿拿出一把钥匙，把门开了，轻手轻脚地走了进去。我尾随在后。突然觉得脚上有东西掠过，低头一看，一只猫跟着我们走了进来。

"悄悄话！"米娜叫道，咧着嘴笑了。

"什么？"

"这只猫叫做悄悄话，你上哪儿都能见到它。"

这栋屋子的外墙因为年代久都给熏黑了。窗户全被钉上了木板。米娜跑到门口，顺势把门推开。门上漆着红色的标语：危险勿入！

"别理它，"她说道，"这只是吓吓那些破坏狂而已。"说着一脚跨入屋里。

"来啊，"她轻声说道，"快！"

我走了进去，悄悄话紧跟在旁。

屋里伸手不见五指，我什么也看不见，米娜牵起了我的手。

"走吧。"她说道，然后领着我往前移动。

她牵着我走上一座很宽的楼梯。当我的眼睛渐渐习惯黑暗之后，也能凭着形状认出周遭环境，像是那些钉上木板的窗户、黑漆漆的门廊和宽敞的楼梯间。我们一共爬了三层楼梯，经过三座楼梯间。越往上爬，楼梯越窄，楼顶尽头是一道窄窄的门。

"阁楼到了。"她悄声说道，"进了阁楼以后，你可要站定了别乱动。我怕它们不想让你待在那儿。它们可能会攻击你。"

"它们是谁？"

"你胆子多大？它们认得我，也认得悄悄话，但它们可不认得你。你的胆子有多大？跟我一样大吗？"

我瞪着她。这话问得奇怪，我怎么知道她胆子多大？

"应该是吧，"她自问自答地说，"反正都到了这里，胆子不大也不行了。"

她屏住呼吸，轻轻转动通往阁楼的门的把手。她牵着我往里走，反手把门关上。她弓着背，蜷缩着蹲了下来，还使劲拽了我一把，要我依样画葫芦，那只猫也静静地窝在一旁。

"不要乱动，"她低声说道，"你最好一动不动，仔细瞧着。"

严格说来，我们这会儿可是在屋顶"里"。这阁楼相当宽敞，天花板从高处一路斜切下来。木头地板有好多地方都破裂开了，踩在上头总觉得高高低低的，不大平坦；墙壁也坑坑洼洼，石灰剥落得厉害。屋顶上有一座拱形的窗，光线就从那儿洒进来。窗玻璃早破了，碎片掉了满地。从窗口望出去，可以看见镇上建筑物的屋顶和教堂的尖塔。天色渐黄昏，我还看见云朵缓缓地被晚霞染上淡淡的红光。

我屏气凝神。

随着太阳一寸一寸西移，这房里的光线逐渐变弱变暗。

"会发生什么事吗？"我低声问道。

"嘘。你看着就是了。等着瞧喽。"

突然间，她浑身颤抖起来。

"你看！你看！"

一只颜色很淡的鸟，无声无息地不知道从房里哪个角落飞向窗口。它就停驻在窗棂上，静静地往外看。不一会儿，又有一只鸟出现了。它一度在房里绕圈圈，翅膀就在我们眼前拍打着，然后也停靠在窗边。

我大气不敢喘一下。米娜把我的手捏得好紧。我痴痴看着这对鸟儿，看着它们转动着又圆又大的脸，四目相对；看着它们强而有力地用爪子牢牢钳住窗棂。过了一会儿，它们飞走了。无声无息地飞向黄昏的彩霞。

"猫头鹰，"米娜小声地告诉我，"是猫头鹰。"

说完，她直望进我的眼睛，居然笑了起来。

"有时候它们会攻击侵入地盘的闲杂人等。不过它们看你跟着我，就知道你不算外人。"

她指了指身后那面墙上一个偌大的洞。洞里有些剥落的石灰和砖块什么的。

"那是它们的巢穴，"她说，"小猫头鹰都在里面。你可千万别靠近。它们捍卫起小宝宝来，那可是不要命的。"

我大概是挺受震撼的，一直没作声。米娜又取笑了我一番。

"走吧，"她轻轻说，"快！"

我们离开阁楼，三步并作两步地冲下楼梯，跑出屋外，回到后花园。等米娜把门上锁了，我们又飞也似的跑回家。

"不准告诉任何人。"她还是压低了声音说话。

"那当然。"我说道。

"驷马难追。"她这么说。

"什么呀？"我没听清楚。

"君子一言，驷马难追。"

"君子一言，驷马难追。"

"好，就这么说定了。"说完，她便往回家的方向跑，悄悄话一路追着她去了。

我走进后院的时候，隔着餐厅窗户看见爸爸右手伸得老高，正在粉刷墙壁呢。

第十四章　不能坐以待毙

第二天我没去上课。

早上和爸爸正吃着早餐，我突然没来由打起哆嗦。爸爸一直用手搂着我，安抚我。

"今天留在家里陪我干活怎么样？"他问道。

我点点头。

"那么今天就可以把一切搞定了，对不对？"他说。

"咱们父子同心，大展身手。"

他帮我打电话向学校请假。

"他妹妹……"我断断续续听到他向老师解释着，"就是说啊，一下子发生太多事了……情绪蛮低落的……好，好，我知道。"

我换上旧牛仔裤，开始搅拌着待会儿粉刷要用的绿色油漆。然后我又在地板上铺了旧床单，以免待会儿沾染上油漆。

"现在我要做什么？"当爸爸站在折叠梯旁的时候，我这么问道。

他耸耸肩，朝窗外看了看。

"要不就去清一清外头那片丛林吧！"他说，然后又笑着补了一句："可千万要找好掩护哦，小心猛虎！"

我戴上旧手套开始干活。先是用旧剪刀把那些徒手折不断的野生植物咔嚓剪断，然后用铲子挖进土里连根刨起。野蓟草的刺沾上我的皮肤，植物绿色的汁液溅得我浑身都是。不一会儿工夫，我已经在墙边摞起了好一堆杂草和小山一般的石砾。我停下来喘口气，发现衣服和头发上挂着好几只蜘蛛，色泽闪亮的甲虫躲我躲得可快了。翻松了的泥土有蚯蚓钻进钻出的。整个上午我闷着头做，把一座杂草丛生的院子修理得愈来愈有几分样儿了。爸从屋里出来，我们靠着墙根坐下休息，一起喝着果汁。襟鸟飞到刚才我干活的地方，它们尖尖的鸟嘴在土里翻挖着，啄出虫子，然后飞过花园和屋顶，回家喂食鸟巢里待哺的幼鸟们。

我和爸爸聊着以后要怎么整治这座园子：要挖一座池塘，盖一座喷水池，要给妈妈布置一个可以做日光浴的地方，还得帮小宝宝围一圈安全围栏。

"一旦小宝宝开始学爬了，我们就得把池塘填起来，"爸爸说，"可不能拿小宝宝的安全开玩笑嘛。"

然后我们又各自投入未完成的工作。

我的手臂酸痛，皮肤也一阵一阵刺痛着。灰尘和花粉好像全梗在我的鼻子和喉咙里。我没有停下手边的事，反而更往草丛里钻，跪在地上，深深地掘进土里，又拉又甩地除着草。我做梦似的想象小宝宝也在那儿爬来爬去。她身强体壮，没病没痛，用手遥指着觅食的鸟儿，一边还笑得咯咯咯。一回神，我才发现自己爬着爬着就到了车库门口，然后我想起里面待着的那个人，想着他枯坐在角落，似乎只是一心等死。

我一骨碌站了起来，走进车库，站定后竖起耳朵倾听。除了往常那种窸窸窣窣的声音外，别无异状。

"你不能光是坐在那儿!"我叫道,"你不能光是坐以待毙啊!"

没有任何回应。我杵在那儿,满心想听到点什么。

"你不可以这样子!"我又说道。

还是没回应。

那天下午,我们去了医院一趟。我坐在爸爸车里,看见米娜坐在自家花园里头的树上。她腿上放了一本笔记簿,正忙着在上头写着或画着。看见我们,她挥了挥手,却一笑也不笑。

"那孩子怪怪的。"爸爸这么说。

"是啊。"我嘟囔着。

到了医院,我们才知道小宝宝又进了保温箱,身上插了好些管子。她睡得很沉。妈妈说一切都好,没什么问题。医生告诉她,再过一两天,小宝宝就可以出院了。我们围在保温箱旁看着小宝宝的时候,妈妈一直抱着胳膊。当她看见我身上被蚊虫叮出好多小红斑,就向护士要了点软膏,轻轻地为我上药。这时小宝宝醒了,她一动不动地看着我,小脸皱成一团,好像是冲着我笑了呢。

"看见了吗?"妈妈说,"她可是为了我们努力在好转中哦。对不对啊,我的小乖乖?"

小宝宝又睡着了。因为妈妈说她还是要留在医院过夜,我和爸爸就先回家了。

在回家的路上,爸爸问我:"晚餐还是 27 号跟 53 号吗?"

"没错。"

"好,"他说,"先回家干点儿活,一会儿你就可以到中式餐厅拿外卖了。"

车子驶进法尔科纳路，我就看见米娜坐在她家花园的矮墙上看书。她抬头看着我们把车子开进车道，下车，然后走向大门口。我朝她挥挥手，她就笑了。

"今天到此为止，"爸爸说，"花园可以明天再扫。去吧，去找米娜吧。"

第十五章　猫头鹰的叫声

"小宝宝可能不会死了。"我说道。

"那很好啊。"米娜答道。

我坐在离她不远的墙上。

"你今天没上学。"她说道。

"身体不舒服。"

她点点头。

"那也不奇怪，这阵子够你受的了。"

"你今天也没去上学。"我说道。

"我根本不上学的。"

我瞪着她，一时说不上话。

"我妈在家自行教学，"她说，"我们认为学校教育会扼杀了儿童天生的好奇心、创造力和智能。人类必须要向世界敞开心胸，而不是画地为牢，把自己关在灰暗的教室里。"

"噢。"我说道。

"难道你不这么想吗，迈克尔？"

我脑子里浮现了和滑头、蠢哥在操场上奔跑的景象，我想起米特德福老猴的火暴性子，还有克拉兹小姐在课堂上说的那些故事。

"不知道。"我说道。

"我床边的墙上挂着我们的座右铭，"她说，"'为欢乐而生的鸟儿——如何能在囚笼中引吭?'威廉·布莱克的诗。"说完,她指指头顶的树,接着又说:"巢里的幼鸟不必上学也能学飞,不是吗?"

这倒没错。我只能表示同意。"就是喽,"她说,"我爸爸也这么认为。"

"你爸爸?"

"是啊。他是一个很棒的人,不过在我出生以前就过世了。我和我妈常常会想起他,想着他此刻正从天堂看着我们呢。"

她看着我,又是那种仿佛能把人看透的眼神。

"你真是不大爱说话。"她说道。

我不知道说什么好。她自顾自地看起书来。

"你信不信我们是人猿的后代子孙?"我问道。

"这不是信或不信的问题,"她说,"这是一个不争的事实,这叫进化论。你一定知道吧。没错,我们正是人猿的子孙。"

她抬起头。

"当然啦,我也希望咱们能有漂亮一点的祖先。"

她又盯着我瞧。

"是啊。"我只好应了一声。

她再度埋头读书。我看见嘴里衔着小虫子的襟鸟振翅飞入树丛。

"能看到那些猫头鹰真的很棒。"我说道。

她笑了笑。

"可不是吗?它们是货真价实的猛禽呢!野性十足的杀手。它们棒透了。"

"整个晚上，我都觉得能听见它们的叫声，八成是在做梦。"

"我也会留神听它们的叫声。在夜深人静时，我偶尔会听见它们呼唤的声音。"

我把双手交叠握紧，掌心中空，两只拇指并排，但留下一条缝隙。

"你听。"我说道。

我轻轻朝缝隙里吹气，发出猫头鹰一样的叫声。

"好厉害！"米娜说，"教我。"

我教她手该怎么握紧，该怎么吹气。刚开始她怎么也吹不出声音，练习了几次之后，终于也得心应手了。她呜呜叫着，然后龇牙咧嘴地笑了起来。

"厉害，"她说，"太厉害了。"

"这是滑头教我的，"我说，"他是我的死党。"

"如果你在夜里也这么叫上一阵子，不知道那些猫头鹰会不会循声飞来？"

"也许哦。或者你可以试一试。"

"那当然，今天晚上我就会付诸行动了。"

呜呜，她又叫了起来，呜呜呜。

"漂亮！"她说着拍起手来了。

"我也想带你去看一样东西哦，"我说，又补了一句："就像你带我去看猫头鹰一样。"

"看什么？"

"我也不知道。我甚至弄不清楚那玩意儿是不是真的，或者只是一场梦。"

"没关系。真实和梦境本来就是纠缠不清的。"

"我一定得带你去看看。"

她睁大了眼睛，咧着嘴笑，一副随时奉陪的样子。

"不过这会儿不行。"

爸爸站在对街门口冲着我们挥手。

"我得走了，"我说，"我得去拿 27 号跟 53 号了。"

她看了我一眼。

"神秘男子，"她说，"你是个神秘男子。"

襟鸟"刷"一声从树丛里飞出来。

我跳下矮墙，准备回家。

仿佛想起什么似的，我问道："你知不知道肩胛骨有什么作用？"

她扑哧笑了起来。

"你连这都不知道？"她这么问着。

"你知道？"

"这个众所皆知，是常识。我们的翅膀以前就长在那里，而且总有一天还会再长出来。"

她又笑了。

"去吧，你这神秘的家伙。去拿你那些个神秘兮兮的号码吧。"

第十六章　死小孩

隔天清晨，天快亮的时候。

我手电筒的光线又照上了那个人的脸。

"又是你。"他粗声说道。

"给你带来更多的 27 号跟 53 号。"我说道。

"极品。"他吐出这两个字。

我从茶箱堆中挤近他身旁，替他拿餐盒，好让他用手指捞起食物。他又舔又嚼，发出咂咂咂的声音。

"山珍海味。"他梦幻似的低语着。

"你是怎么知道 27 号跟 53 号的？"我问道。

"那是厄尼的最爱。以前常听他打电话点菜，每次都点 27 号跟 53 号。他老是吩咐店家尽快给我送过来。"

"那时候你住在屋子里吗？"

"住在花园里。总是隔着窗户看他在做些什么，听他跟人说些什么。他身体一直不好，每次点了食物却总吃不完。隔天我就会在垃圾桶里找到剩菜剩饭。27 跟 53 号，最最甜美的山珍海味。吃惯了蜘蛛、老鼠，偶尔换换口味，真有说不出的美妙。"

"他有没有看见你呢？他知不知道你在花园里？"

"我也说不准。他曾经看着我，却又视若无睹，就好像我并不存在似的。也许他以为我是幻影吧。"

他伸出泛白的舌头，往嘴里塞了一串沾满浓稠酱汁的猪肉和豆芽菜。

然后他翻着布满红丝的双眼，死盯着我。

"你觉得我是幻影吗？"

"我根本不知道你是何方神圣。"

"那也无所谓。"

"你已经死了吗？"

"哈！"

"到底死了没有？"

"早死透啦。我们这些死人多半都知道要吃就吃 27 跟 53 号，而且还会为关节炎所苦。"

"你还要不要阿司匹林？"

"现在用不着。"

"那还需要些什么吗？"

"27 跟 53 号。"

他用手指在餐盒里抹了一圈，吃光了最后一点酱汁，然后用他泛白的舌头意犹未尽地舔着没有血色的嘴唇。

"我家小宝宝又住院了。"我说道。

"啊，穿肠毒药。"他说道。

"毒药？"

"黑麦酒。厄尼以前会喝点小酒，但从来也喝不完一整瓶。每次在垃圾桶里找到几乎没喝掉多少的黑麦酒，都把我乐得眼珠子险些没掉出来。"

"我知道了。"我说道。

"黑麦酒。真的是琼浆玉液。"

他又是打嗝，又是干呕，折腾一阵子之后，虚弱地往前倾靠。我用手电筒照着他背上两团隆起的地方。

"我想带一个人来见你。"等他舒服一点之后，我这么告诉他。

"找个人来证实我不是幻影？"

"她人很好。"

"不可以。"

"她很聪明。"

"谁都不准。"

"她会有办法帮你。"

"哈！"

他皮笑肉不笑。

不知怎的，我又开始浑身打哆嗦。

他咂了下嘴，呼吸既急促又大声，最后还叹了口气。

"我已经没有主意了，"我说道，"这座车库随时都可能塌个尸骨不存，你又被关节炎折腾得要死不活。还有，你根本就是饮食不正常。我每天眼睛一睁开，就想该拿你怎么好，然后我又还有其他的事得伤脑筋。小宝宝生病了，我们都希望她不会死，但她真的可能会死。"

他的指尖在地板上点啊点，一会儿又拨弄着散在一旁的毛球。

"她人很好，"我这么告诉他，"她绝对不会告诉任何人的。而且她很聪明，她会知道怎么帮你。"

他摇摇头。

"死小孩。"他说道。

"她叫米娜。"我说道。

"我看你干脆把街坊邻居都带来算了，"他说，"或者一不做二不休，把全镇居民都带来吧。"

"只有米娜跟我啦。"

"毛头小孩。"

"我该怎么称呼你？"

"呃？"

"我该告诉她你叫什么名字。"

"无名小卒、无名小卒先生、烂骨头先生、活得不耐烦先生，还有关节炎先生。随你高兴，你可以滚了。"

"好吧。"我说道。

我站起身，倒退着穿过茶箱。

然后我停了一下，犹豫着该不该开口。

"你可不可以花点心思在小宝宝身上？"我问道。

"呃？"

"你可不可以在心里想着让住院的小宝宝早日康复？"

他狠狠咂了一下嘴。

"拜托嘛。"我说道。

"好吧。真活见鬼了。"

我朝门口走去。

"好的，"我听他又说了一次，"我会的。"

　　天色几近大亮。襟鸟在车库顶上使劲地鸣叫着。天空是一片混杂着深黑、粉红和灰蓝的美丽颜色。我把沾在身上的蜘蛛网和死苍蝇拍掉，然后往屋里走。这时我听见呜呜呜的叫声。

　　抬头一看，猫头鹰在空中展翅，飞往回家的方向。我握起双手，朝指间的缝隙吹气。

　　呜，呜呜呜。

　　然后我看见米娜家二楼窗口依稀浮现一张圆圆脸。于是我双手握紧，再度朝指间的缝隙吹气。

　　呜，呜呜呜。

　　有人响应我的呼唤。

　　呜，呜呜呜。

第十七章 听 鸟

　　中午左右，我走到米娜家的前院。树下铺了一张毯子，她悠闲地坐在上面。她的书本、铅笔、画纸随意地散在四周。今天我又请了一天假，整个早上都在后院继续昨天未完成的工作。爸爸也没闲着。他在前面房间忙着粉刷，剥掉旧壁纸，准备贴上新的。

　　"又见面了，"她说，"神秘男子。"

　　毯子上有一本书翻开在绘有鸟类骨骼图的一页，她在素描本子上依样画葫芦。

　　"你在做自然作业吗？"

　　她大笑。

　　"看看学校把你教成什么死脑筋了，"她说道，"我在画图，在着色，在阅读，在眼观四方。我此刻正体验着阳光和气流的变化，聆听襟鸟在唱歌。我此刻正向世界敞开了胸怀呢。哈！学校！"

　　她从毯子上拾起一本诗集。

　　"听着。"她说道。

　　然后她正襟危坐，清清喉咙，把诗集翻开，凑近眼前。

　　　　好一个夏日清晨却须得上学，
　　　　这才真叫扫兴；
　　　　在迂腐严苛的管教下，

孩子们叹着气，沮丧地，

度过一天。

她合上诗集。

"又是威廉·布莱克。你有没有听过这号人物？"

"没听过。"

"他既能画画，又会写诗，绝大部分的时候都光着身子。他在自家花园里看见过天使。"

她向我示意。我便爬过矮墙，在她身边坐下。

"安静！"她低声说，"要非常非常安静。你听。"

"听什么？"

"听就是了嘛。"

我于是乖乖竖起耳朵听着。我听见克洛路再隔几条街上车来人往的声音。我听见鸟叫声，还有微风吹过树梢的声音。我甚至听见了自己的呼吸声。

"你听见什么了？"

我一五一十地告诉她。

"再深入点听，"她说，"再仔细点听，你就会听见一种细得不能再细、最最甜美的声音。"

我闭上眼睛，凝神倾听。

"我总该有个倾听的方向或者对象吧？"我忍不住又问道。

"那声音会从你头顶上的树丛里冒出来。"

"树丛里？"

"你听就是了嘛，迈克尔。"

我试着把心思专注在那棵树上，在它婆娑的枝叶上，就连刚刚冒出头的树叶嫩芽也没敢放过。我听见老枝新叶随风飘动的声音。

"声音是从鸟窝里传来的，"她说，"仔细听哦。"

我听了又听，终于让我给听出苗头了：那是一种细弱的、吱吱吱的叫声。缥缥缈缈，断断续续，好像是来自另一个世界的声音。

我大气不敢喘一下。

"听见了！"我低声说道。

"是雏鸟。"她说道。

一旦听出这种声音，知道它是什么，从哪儿传出来，就算周围杂音不断，我也可以分辨出来。我高兴就张开眼睛，看看米娜；或者索性闭起眼睛，听着襟鸟的小宝宝们在巢里叽叽喳喳叫个不停。我可以想见它们在巢里，一只挨着一只的小巧模样。

"它们的骨头可比人类细致多了。"她说道。

我睁开眼睛，看见她又画起鸟类骨骼图来了。

"你知不知道它们的骨头几乎是中空的？"

"嗯，我应该知道吧。"

她随手拾起放在书本旁的一段骨头。

"我们觉得这应该是鸽子的骨头。"她说着顺手一折，那段骨头应声碎裂。她让我看骨头内部的确空空如也，只有一层薄如蝉翼、网状的骨骼结构而已。

"这些网状气孔是一种气化组织。"她说，"你看。"

我把鸟骨头放在掌心，检视它中空的部分，摸一摸碎裂的地方。

"这也是进化的结果，"她说道，"鸟类的骨头虽然轻，但却够强壮。就因为这样，鸟儿才能飞上天。当然了，这种能够飞翔的身体构造，是经过数百万年演化的结果，我们人类的演化就不是这样了。这从你上回画的那幅骨骼图可以看得出来。"

她看着我。

"你懂吧？你在学校里学过这些，对不对？"

"我想是吧。"

她还是盯着我瞧。

"改天我再告诉你有关始祖鸟的事，"她说道，"小宝宝今天怎么样了？"

"我们下午会去看她。不过我想应该还好吧。"

"那就好。"

她双手相缠，朝拇指缝里吹气，发出猫头鹰的叫声。

"帅！"她说道，"帅呆了！"

"昨天晚上我也叫了哦，"我说，"就在天刚亮，一大早的时候。"

"是吗？"

"你那时候有没有朝窗外看了看？你是不是也跟着叫了几声？"

"我没办法确定。"

"没办法是什么意思？"

"我老是会做梦的，我甚至还梦游。有时候我真做了些什么，却以为那只是南柯一梦。有时候正好相反，我会把梦境当真。"

她一动不动地瞪着我。

"就拿昨天来说吧，我梦见你了。"她说道。

"是吗？"

"是啊，不过那并不重要。你不是说想带我去看什么秘密？"

"我是说过。"

"那就带我去啊。"

"现在不行。下午吧，再看看喽。"

她深深看了我一眼。

"你站在院子里，"她说话了，"天才蒙蒙亮。你脸色非常苍白，身上沾满了蜘蛛网跟死苍蝇。然后你呜呜呜叫得像只猫头鹰。"

我们就这么大眼瞪着小眼。

爸爸的叫声传了过来。

"迈克尔！迈克尔！"

"下午见。"我轻轻说道。

第十八章　关节炎

"丹多太太刚才打电话来。"在去医院的途中，爸爸这么告诉我，"她问起你怎么了。"

"谢谢她的关心。"

"她说你的死党们都等着你回去。"

"反正星期天就能碰面了。"

"那你是还不打算回学校上课喽?"

我耸耸肩。

"不知道。"

"早点回去，你看怎么样? 总是不希望功课进度落后太多嘛。"

"我从米娜那里学到了不少事情。她懂得可多呢，像是鸟类啦，还有物种演化之类的。"

"是噢，是噢。别忘了你还对中式餐馆的菜单了如指掌哩。"

医院到了。小宝宝还是睡在保温箱里，但身上已经没插着那些点滴吊管了。妈妈打开保温箱的盖子，我抱起小宝宝，让她平躺在腿上。我轻轻摸着她小小的身体，想知道她有没有好一点，有没有长壮一点。大概是被我摸得不大舒服，她的身体左右扭动着。我能感觉到她脊椎的律动。小宝宝把我的手指握在小拳头里，想要使劲挤压，她的眼睛睁得好大。

"你看!"爸爸说道，"她在对你笑呢!"

我倒看不出来。

一位叫布鲁姆的医生来见我们。

"她状况还不错吧？"爸爸问道。

"进步神速。"医生说道。

"那她很快就可以回家喽？"

布鲁姆大夫耸耸肩。他碰了碰小宝宝的脸颊，说道："我们得好好看着她，可能还要再住上个几天吧。"

然后他对我笑了笑。

"尽量不要太担心了，小伙子。"他说道。

我触摸着小宝宝的肩胛骨，瘦瘦的，好像随便一捏就会变形。我可以感受到她的身体因为呼吸而轻轻地起伏着。

"很快就可以看见她在花园里蹦蹦跳跳了。"妈妈说。

她笑着，眼里却蓄满了泪水。

她把小宝宝抱走，然后又帮我擦起软膏。

"你看起来很累的样子，"她说，然后转头看看爸爸，"你们俩都熬夜啦？"

"那可不！"爸爸说，"整个晚上都在看录像带，叫中国菜吃外卖，天天如此。是不是啊，儿子？"

我点点头。

"是啊，都是这么过的。"

我跑到走廊，问了一位护士，患有关节炎的人该到哪里就诊。她说多半是到顶楼的第 34 病房。她又说把骨头有毛病以及不便行走的人安排到顶楼看诊，这简直有点莫名其妙。

　　一位推着支撑架的女士和我一起走出电梯。她走走停停，边喘边对我笑。"累死人了，"她有点上气不接下气，"搭着电梯上上下下，光是这病房的电梯间就逛了三次！可把我累死了！"

　　她撑着支架，身体往前靠，直看进我眼底。

　　"不过我就快能跳舞了。"

　　我看着她形状扭曲的手和肿胀的关节。

　　"关节炎。"我说道。

　　"答对了。就是关老头这家伙！不过我换了两片髋骨，很快就可以跳舞了。哪怕只是那么一会儿，我都得让它知道我的身体是谁在当家做主。"

　　"我的一个朋友也患了关节炎。"我说道。

　　"可怜的家伙。"

　　"什么东西对他有帮助？"

　　"通常呢，关老头都会是最后的赢家。不过有些人会靠着鱼肝油和乐观的心情来提升斗志。我的靠山是圣母玛利亚，还有马克·纳博拉大夫。我每天祈祷，再不然就是巴望着大夫那些剪刀、锯子、塑料片、胶水什么的能发挥作用喽。"

　　她向我眨眨眼。

　　"要活动筋骨。这是最重要的。要让自己一身老骨头动起来。千万不要瘫在那里等着四肢僵化。"

　　她继续往前推进，一边哼着《舞国千秋》的调子。

　　我则随着标志来到 34 病房。

　　探头一看，有好几十张病床，两两相对，排列在病房两侧。有的病人躺在床上笑眯眯地忙着编织，不时还和邻床的人挤眉弄眼打打招呼闲聊两句。有的病人疲惫地躺着不动，好像痛得连话也懒得说了。病房尽头，一群穿着白大褂的医生和学生簇拥着一个浑身黑色装束的男人。他一开口，身边的人就埋头猛写。他在病房中巡视，那群人就跟在后头，亦步亦趋。走着走着，他指向其中一床病人，然后两个人互相挥挥手，点头示意。有好几次他停下脚步，微笑着听病人们说话。最后他和一位护士握握手，快步走向门口。我堵在那里，等着这队人马走近。

"对不起——"我说道。

那黑衣男子径自往前走去。

"马克·纳博拉大夫。"我叫道。

他站定，低头看我，他身后的医生、学生们也都停下来，团团把我围住。

"哪些东西可以改善关节炎？"我问道。

他眨了眨眼睛，笑了。

"针筒。"他说，一边做出用针筒抽取药剂的动作。

"然后狠狠地对着关节注射。"

他皱起眉头，装出一副痛得要命的样子，惹得那些医生跟学生们在一旁偷笑。

"再来就是锯子伺候。"他说道。

这时他对着手臂做出来回割锯的动作，一边重重地喘着气，整张脸都缩成一团，好像真的是痛不欲生。

"切掉一些病痛的部分，装上一些新玩意儿。"他说。

接着他又做出穿针引线的动作。

"缝合之后，完整如新。"他说道。

他微微弯腰，朝我靠近。

"年轻人，你是病人吗？"

我摇摇头。

"我的朋友才是。"

这位大夫一下子站得笔直。

"那就叫你那位朋友来找我。我会把他切一切、锯一锯、缝缝补补，让他重新做人。"

那些医生们又抿嘴窃笑起来。

"实在不能来的话，"他说道，"我的建议很简单，就是保持心情愉快，不要轻言放弃。最重要的呢，是要常常活动筋骨，按时服用鱼肝油，反正就是不要让关节一步一步地僵硬退化。"

他把手伸到背后拍了两下。

"还有问题吗？"

我摇摇头。

他环视站在我身旁的医生们，问道："还有没有什么建议可以提供给这位年轻人的朋友？"

大家都摇头。

"那么我们继续查房吧。"说着，他朝走廊走去。

我站在原地想着刚才发生的一切。

"你在找人吗？"一名护士问我。

"没有。"

她微微一笑。

"他真的是个好医生，"她说道，"不过也够爱表现的了。告诉你那位朋友：多走动，尽量保持笑容。不要轻易对关老头竖白旗。"

我很快跑进电梯，回到儿童病房。

妈妈和爸爸手握着手，坐在那儿看小宝宝看得入神。

"哈啰！"妈妈对我打着招呼。

她努力想挤出笑容，但声音干干涩涩的。我知道她的眼泪一直就没停过。

"哈啰。"

"你去了好一会儿哦。"

"肯定是吃太多中国菜外卖了。"爸爸这么说道，想要逗我们笑。

"吃点鱼肝油，"她说道，"可以助消化。"

妈妈紧紧握着我的手。

"你是我的好儿子，"她轻轻说，"不管发生什么事，你永远都是我最棒的儿子。"

回到家以后，爸爸准备继续干活，我从冰箱里拿了一罐黑麦酒，连同手电筒一起藏在车库的门后面。我又从房间里拿了自己的瑞士刀，从浴室药柜里抓了一把鱼肝油丸，然后一股脑儿全塞进口袋里。

我问爸爸可不可以去找米娜。

"放心吧，"他说道，"粗活儿都交给我，你只管好好去玩吧。"

第十九章　黏土模型

　　米娜的毯子跟书都还搁在草地上，但她人不在那里。我抬头检查了一下树丛，她也不在树上。于是我就爬过矮墙，走到她家大门口按电铃。是她妈妈开的门。

　　"米娜在家吗?"我问道。

　　她跟米娜一样有着一头黑色的头发。身上穿着的围裙沾满了油彩跟黏土。

　　"在家。"她说道，然后伸出右手，"你一定就是迈克尔了。我是麦基太太。"

　　"米娜!"她回头叫着。我握了握她的手。

　　"小宝宝怎么样?"她问道。

　　"非常好。我们觉得她会愈来愈好。"

　　"小宝宝们有的是硬脾气。他们会奋战不休，挣扎着长大的。告诉你父母，我常常念着他们。"

　　"好的。"

　　米娜走到门边，身上也穿着一件沾满油彩的围裙。

　　"我们正在做模型，"她说道，"进来看看吧。"

　　她带头走进厨房。餐桌上头有好几团用塑料袋装着的黏土。桌面上铺了一层塑料布，桌上放着好几把刀跟木制的工具。米娜专门画小鸟的本子翻开在襟鸟那一页。她把刚才处理到一半的黏土让我看，虽然还没有完全成形，但一只鸟的体态已经呼之欲出了：鸟身很大，鸟嘴尖尖的，鸟尾则呈现扁平状。她又在身体的部分加上一点黏土，又捏又搓地调整形状，跟着就开始画出翅膀的纹理。

"米娜现在对鸟着了魔，"麦基太太如是说，"有一阵子她迷上了水里游动的生物，有一阵子则是夜行性动物，我记得那些能爬的、会动的她大概都迷过。这会儿就换能飞的东西了。"

我环顾四周，架子上摆满了各式各样的黏土模型：狐狸、鱼、蜥蜴、刺猬、小老鼠。我注意到还有一只猫头鹰——又圆又大的头颅，配上尖锐的鸟嘴，爪子看起来就很残暴有力的样子。

"这些都是你做的吗？"我问道。

米娜笑了笑。

"做得棒透了。"我说道。

她示范给我看，黏土该怎么揉捏才能做出小鸟飞行的体态，还有要怎么用一把尖头小刀刻出羽毛的纹理。

"等窑烧上釉之后，我会把它从天花板上垂吊下来。"

我拣了一团黏土，在股掌之间把玩。黏土摸起来凉凉的，还有许多的小颗粒在里面。米娜把指头舔湿，不停地摩擦着黏土表面，直到它变得光滑平顺，连一个疙瘩也没有。我依样画葫芦，把手里那块黏土捏成了一条蛇的形状。然后我把这条蛇揉成一团，又捏出了个人头。

我突然想起小宝宝，于是就开始拿她当模特儿。先捏出她那副小巧纤细的骨架，再来是瘦瘦的手脚，最后是她的小脑袋。

"好像在变戏法一样，是不是？"米娜说道。

"没错。"

"有时候我会梦到自己的作品捏得太逼真，结果一下从我手里跑走或者飞远了。你在学校也玩黏土吧？"

"偶尔啦。以前我们全班一起玩过。"

"就让迈克尔偶尔也加入我们，一道做模型吧。"米娜说道。

麦基太太看看我。她的眼神跟米娜一样，像是要把人看穿了，不过比米娜更温柔些。

"当然可以喽。"她说道。

"我跟他说了我们对学校的看法。"米娜说道。

麦基太太笑了。

"我也提过威廉·布莱克这号人物。"

我继续做着小宝宝的模型，试着想捏出她的五官。可是黏土在手指温度的影响下开始变干，干了之后就开始碎裂。这时我正好和米娜的目光对上，便朝她使个眼色，示意她我们该走了。

"我能不能跟迈克尔出去走走？"米娜立刻做出反应。

"可以啊。先把黏土收进塑料袋里，等你回来以后再接着做就行了。"

第二十章 "我们可以帮助你"

我带着她很快地走到对街，然后转进后巷。我们沿着高大的石墙前行。

"我们要去哪里？"她问道。

"附近。"

我看了看她黄色的上衣和牛仔裤。

"那地方脏得不得了，"我说，"而且蛮危险的。"

她把衬衫扣子一直扣到喉咙，双手握紧拳头。

"那可好！"她说道，"咱们走吧，迈克尔。"

我推开自家后门的时候，她问道："就是这里？"然后瞪着我，眼睛一动不动。

"正是！正是！"

我们在车库门口站了一会儿，她探头探脑，小心翼翼地打量着黑漆漆的内部。我把先前藏在门后的啤酒跟手电筒捡了起来。

"这些都派得上用场。"我说道。我把鱼肝油丸从口袋拿出来："这些也是。"

她眯起眼睛，深深地看着我。

"你要信得过我。"我说道。

我迟疑了一会儿，又说："其实除了危险之外，我还担心自以为看见了什么，而你却根本察觉不出它的存在。"

她握起我的手，用力捏了一把。

"不管那里面有什么，我都会看见的，"她轻声说道，"带我进去吧。"

我扭亮手电筒，走了进去。有东西在地板上又抓又跑的，我感觉米娜正在轻轻颤抖，手心也开始冒汗。

我握紧了她的手。

"没事的，"我说道，"跟着我走。"

我们在堆积如山的垃圾和破旧家具间费力地前进，衣服跟皮肤上都沾上了蜘蛛丝，苍蝇尸体也掉了整头整脸。天花板嘎嘎吱吱地发出声响，灰尘从蛀烂的木头支架上纷纷落下。当我们终于走近茶箱的时候，我忍不住全身发颤。也许米娜什么也看不见；也许是我自己搞错了；也许梦境和现实根本就在我心里纠缠不清，无法分辨。

我往前靠，朝茶箱的缝隙里打灯光。

"你又来啦?"他哑声问道。

我听见米娜硬生生把尖叫吞了回去，她的手僵硬得像什么似的。我把她向自己拉近了一点。

"没事的。"我轻轻对她说。

"我把我朋友带来了，"我说道，"我跟你提过了，这是米娜。"

他瞄了她一眼，眼睛随即半闭起来。

我亮出黑麦酒。

"喏，我带了这个来了。"

他笑了，然而眼底毫无笑意。

我挤过茶箱走到他身边蹲了下来，然后拿出瑞士刀，用上头的开瓶器把酒瓶打开。他头向后仰，好让我把酒灌进他嘴里。他一口接一口地吞咽着。酒汁顺着嘴角流下，滴在他的黑色西装上。

"琼浆玉液，"他说道，"极品。"

他的头又向后仰，我便再帮他灌酒。

我回头看看米娜。在漆黑的背景中，她低着头看着我们，脸色苍白，眉梢眼底一片惊愕之色。

"你是谁?"她低声问道。

"复姓'受够'，单名一个'你'。"他粗声说。

"我遇见一位医生，"我说道，"不是死老头，是另一个能替你治病的大夫。"

"不要医生。我谁都不要，都不要！别管我。"

"再不管的话，你会死。你全身的骨头会硬化断裂，你会死的。"

"断就断吧。"他头一仰，说道，"给我酒。"

我又灌了他几口。

"我还带了这个来。"我说道。

我把鱼肝油递到他眼前。

"有些人就靠着它撑过来了。"我说道。

他嗤之以鼻。

"一股鱼腥味，"他说，"那些黏答答滑腻腻、水里游着的玩意儿。"

我眼泪一下子冲了上来。

"他就一直坐在这里，"我说，"他根本就什么都无所谓了，好像只是坐以待毙。我不知道该怎么做。"

"那就什么也别做。"他粗声说道。

然后闭上眼睛，低下头去。

米娜也挤进来了。她蹲在我旁边，紧紧盯着他石膏一般干瘪苍白的脸。她看看周围蜘蛛网和满地苍蝇尸体，看看那些沾在他身上的蜘蛛和甲虫。她一把抢过手电筒，把他从头到脚照看一遍：瘦巴巴的身体罩着一套黑西装，两条长腿瘫在地板上，肿胀的手则搁在身体两侧。

"你是谁?"她又问。

"谁也不是。"

她伸出手轻轻摸着他的脸颊。

"又干又冰。"她轻声说，"你在这儿待多久了?"

"够久的了。"

"你已经死了吗?"

他咕哝了几声。

"毛头小孩的问题。如出一辙。"

"你把事情都跟她说了吧，"我说，"她很聪明，她会知道该怎么做才好。"

他又笑了，眼睛依旧冷冷的，没半点笑意。

米娜反手把手电筒往自己脸上照，光线把她的脸映成一片亮晃晃的白色，三个黑窟窿分别是一双眼睛和微张的嘴巴。

"我叫米娜。"她说道。

她叹了口气，又说：“我是米娜，你是……”

米娜摸摸他的手，撩起他脏兮兮的衣袖，再摸摸他瘦骨嶙峋、扭曲变形的手腕。

“骨质钙化，”她说，“这是一种骨骼逐渐硬化、不能活动的病变过程。这会让患者的身体变得像石头一样。”

“倒也不笨嘛。”他哑声说道。

“这种病变还有另一种相关症状，”她接着说道，“那就是连心灵也跟着僵化，不再思考，不再想象，僵硬得犹如顽石。到了这个地步，那也不能称其为心灵了，充其量只是一把被石墙团团包围住的骨头罢了。这就是心灵冷漠化。”

他叹了口气说：“拿酒来！”

我赶紧把酒倒进他嘴里。

微风一吹过，屋顶就抖得如秋叶似的。灰尘纷纷落在我们身上。

米娜跟我往前再蹲近一点，两个人的膝盖紧紧挨着他。米娜被他身上的味道呛得皱起眉来。我握着她的手去摸他的肩胛骨，拉着她的指头去触压他衣服底下突起的地方。米娜整个人几乎半趴在他身上，伸手去触摸另一边的肩胛骨。然后她看着我，眼睛闪烁着不大寻常的光芒。

她几乎是和他脸贴着脸了。他们苍白的肤色在光线照射下显得格外发亮。

“你究竟是何方神圣？”她低声问道。

没有回答。

他只是低首敛眉地坐在那里，眼睛闭得死紧。

"我们可以帮助你。"她又说。

我觉得眼泪又开始在眼眶里打滚。

"我们可以带你去一个地方，"米娜说，"那里比较安全，没有人会知道的。如果你真愿意，你大可以在那里坐着等死。"

有东西从我们脚边拂过。我用手电筒一照，看见悄悄话已经溜了进来。

"悄悄话!"米娜打着招呼。

这只猫跑到那人身边，挨着他生病变形的手。他叹息起来。

"这么光滑柔顺。"他低语着。

他用指头在悄悄话身上磨蹭着。

"可爱的小东西。"他的声音又低又温和。悄悄话发出呼噜噜的喉音。

天花板上的支架又叫起来，灰尘应声落下。

"求求你让我们把你带到另一个地方吧!"我说道。

"给我酒。"他轻轻说道。

我把鱼肝油递到他面前。

"好，但你得连这玩意儿一起吞进去。"我说道。

他把头向后仰，我除了喂他喝酒，还放了一粒胶囊在他舌头上。

他缓缓睁开眼睛，深深地看着米娜。米娜回应着他的目光。

"你一定要让我们帮你。"她说道。

有好长一段时间他都没搭腔。

最后他终于开口了："随你们怎么做吧。"他深深叹了一口气。

第二部
米娜的阁楼

第二十一章 非比寻常

我们就站在后院里，互相帮着拍掉沾在衣服、头发上的苍蝇和蜘蛛丝。悄悄话静静地蹲坐一旁。米娜的眼睛里有两簇火焰在跳动闪耀着。

"他是个非比寻常的家伙。"她这么说道。

微风吹拂，车库像是要解体似的发出奇怪的声响。

"我们今晚就要把他弄出这鬼地方。"她说道。

"黎明时分。"我说道。

"要保持联系。我们学猫头鹰叫，确定彼此都醒着。"

我们四目交接，坚定地看着对方。

"非比寻常的家伙。"她轻轻说道。

她张开手，掌心摊着一团混凝着骨头和皮肤的黑色球状物。

"这是什么？"我问道。

她咬着嘴唇，想了想，说道："应该不是我心里想的那个东西，不会是的。"

我看见爸爸走进厨房，站在窗口看我们。

"我得进去了，"我说，"我得继续整理这园子呢。"

"我也得回去做襟鸟的模型了。"

"那就黎明的时候再见喽。"

"到时候见。我是不打算睡了。"

她捏捏我的手，一溜烟从后门跑了出去，悄悄话尾随在后。

目送走米娜，我回头向爸爸挥挥手。突然心脏擂鼓似的狂跳起来。我跪倒在泥土里，狠狠地拔除野草，黑色小甲虫被吓得四处乱窜。

"他不会死的，"我低声告诉自己，"他不会就这样死掉的。"

不多久，爸爸走出来。我们靠坐在围墙边，一起喝着柳橙汁。

他咧着嘴对我笑。

"你喜欢米娜。"他说道。

我耸耸肩，不置可否。

"少来了。"他又说。

"她非比寻常。"我这么回答。

第二十二章　斯凯力的转移

在梦中，我和小宝宝好端端地躺在襟鸟的鸟巢里。她身上覆盖着羽毛，身体暖呼呼、软绵绵的。襟鸟站在屋顶，不停地拍着翅膀，发出尖锐的叫声。马克·纳博拉大夫和死老头站在花园里，身旁有一张摆满了刀剪和锯子的桌子。死老头手里还握着一支针筒。"带她下来！"他叫道，"我们会把她整治得焕然一新！"

小宝宝吓得尖声大叫。她站在鸟巢边上，拍动着翅膀，第一次想要尝试飞行。我看见她背上的羽毛还没长全，稀稀落落的；她的翅膀根本还没长硬。我想拦住她，却觉得两只手臂硬得石头似的。

"来啊！"医生们叫着，笑着，"来啊！小宝宝！你飞啊！"

马克·纳博拉大夫拿起一把闪闪发亮的锯子。

小宝宝站在鸟巢边缘，摇摇欲坠。

这时候我听见猫头鹰的叫声。我一下子睁开眼睛。窗外浮现一道淡淡的曙光。我跑到窗口往下看，米娜站在后院，两手捂在嘴边。

"呜！呜呜呜！"

我蹑手蹑脚地走出屋外，和米娜碰头。"我整晚没睡，结果却在天快亮的时候昏厥过去了。"

"你现在是清醒的吧？"她问道。

"是的。"

"我们不是在做梦吧？"

"不是在做梦。"

"我们俩该不是同时都做梦了吧？"

"果真如此，那也无从证实了。"

襟鸟飞上了车库屋顶，开始了它的清晨吟唱。

"时间不多了。"我说道。

打开车库大门，我们毫不迟疑地往里头移动。我用手电筒照他的脸。

"你得跟我们走。"米娜说道。

他叹了口气，发出痛苦的呻吟。

"我很不舒服。"他说道。

他并没有看着我们，只说："我难过得要死。"

我们从茶箱间的缝隙挤过，双双蹲在他跟前。

"你一定得走。"她再说一次。

"我虚弱得像个小婴儿。"他说道。

"小婴儿一点都不虚弱，"她低声说道，"你有没有看过小婴儿哭叫着想要吃东西，或者拼命想要爬出第一步的样子？你有没有看过襟鸟的幼鸟尝试学飞的那股执著劲儿？"

她把手架在他的腋下，使劲要拖动他。

"拜托嘛。"她轻轻说道。

我也伸手相扶，使劲地拖。我们感觉他开始放松自己，不再抗拒。

"我很害怕。"他哑声说道。

米娜弯下身子，在他脸上亲了一下。

"别害怕。我们会带你到安全的地方。"

当他挣扎着要站起来的时候，浑身的关节嘎嘎作响。他痛得啜泣起来，身体摇摇晃晃，连站都站不稳，整个人都靠在我们身上。他比我们都高，大概跟爸爸差不多。

他实在瘦得只剩一把骨头，身体轻飘飘的，没三两重。我们用手臂把他环抱住，手指则探索着他肩胛骨上长出的东西。那对东西像另一双被折叠起来的手臂，上面还有一层软软的覆盖物。我们互相望着对方，没有勇气说出心中的想法。

"非比寻常，非比寻常的家伙。"米娜低声说道。

"你走得动吗？"

他只是低声哭着。

"慢慢来，"我说，"只管靠在我们身上。"

我扶着他在茶箱堆里倒退行进，米娜在他背后顶着。他等于是被我们硬架着走。他瘫软的双腿完全无法使力，沉甸甸地在地板上拖行。我们继续移动，顾不得撞上什么，或者会踩到什么。整座车库都在嘎吱嘎吱作响，灰尘直落。他喘得很厉害，呼吸浊重不顺畅。好不容易走到门口，户外明亮的光线对他来说太刺眼，他立刻把头别开。好一会儿，他才能重新面对明晃晃、亮堂堂的白昼。他眯起泛着血丝的双眼，怯生生窥视着门外。米娜和我就着光线仔细端详他的脸：那么苍白，又那么干瘪，布满了龟裂的细纹。黑色头发乱成一蓬，打结得厉害。灰尘、蜘蛛网、大头苍蝇、蜘蛛、甲虫，这些东西纷纷从他身上掉下来。我们头一次发觉他年纪不大，看起来似乎还是年轻人呢。米娜脱口说道："你长得很好看啊！"

我特地又看了一下，确定正屋的窗户旁没有人，然后说道："走吧！"

推开后门，我拖着他往外移动，他靠着米娜，踉踉跄跄地走进后巷。

我反手把门关上。

干道克里姆登路上的交通渐渐繁忙，车辆往来的声音也开始热闹起来。鸟叫声不绝于耳，在家家户户的花园和屋顶上此起彼落着。悄悄话不知道从哪儿冒了出来。

"我们抬好了。"我说道。

"好。"米娜答道。

我绕到他背后，让他躺进我的臂弯里。米娜抬起他的脚。我们没想到这么轻易就能抬得动，再一次被他超乎寻常的瘦弱给吓了一跳。我把眼睛闭上了一会儿，想象着这无非是一场梦吧。我告诉自己，在梦中本来就是千奇百怪，无奇不有。但我却如此清楚地感觉到，他背上那两团突起物紧紧压迫着我的胳膊。我们抬着他往前走。

走到巷口，转入另一排房屋的后巷，我们快步走到有着绿色后门的那栋大房子。米娜用锁把门打开，我们一闪而入，走向挂着"红色！危险！勿入！"牌子的那扇门。米娜用锁把门打开。屋子里黑漆漆的，我们直接走进第一个房间，让他平躺在地板上。

我们的身体不由自主地抖着，喘得上气不接下气。他仍旧因疼痛而啜泣着。我们便极轻柔地碰了碰他。

"你安全了。"米娜说道。

她把外套脱了，折了几折，塞到他头底下。

"我们会多带点东西来，让你住舒服点。"她说。

"我们会把你治好的。你有没有什么东西想要的?"她接着又说道。

我不禁笑了起来。

"27 号跟 53 号。"我说道。

"27 号跟 53 号。"他呜呜咽咽地说。

"我得回去了，"我说道，"我爸就快醒了。"

"我也是。"米娜说道。

然后我们相视而笑，又不约而同低头看着他。

"不多久我们就会再来的。"我说道。

米娜在他没有血色的颊上亲了一下，再一次伸手在他的背抚触着，眼睛里闪烁着惊讶与喜悦的神采。

"你到底是谁?"她轻声问道。

他痛得脸都皱成一团。

"我的名字是斯凯力。"他说道。

第二十三章　在家做功课

我们才刚吃完早餐，丹多太太就来了。她是在骑自行车到学校的路上顺道来拜访。她说死党们都期待着我早点归队。

"他们说，你是全校最好的防守球员。"她说道。

爸爸向她展现我们的工作成果，还带她参观后院。她说等小宝宝回来的时候，这个家将会窗明几净，焕然一新。说着，她从背包里拿出一只可爱的小黑熊布偶，要爸爸带给小宝宝。

"这是给你的，"她笑着说道，"不好意思喽!"

那是拉斯普京跟老猴给的家庭作业：有好几页的填空题。克拉兹小姐给我留了张短笺。"没什么作业，只要写一则故事。祝早日康复!"另外还有几张数学习作跟一本贴着红色标签的《荒漠里的朱利亚斯》。

我们目送丹多太太的自行车渐行渐远。爸爸笑着说："她就怕你懈怠懒散了，是不是啊，儿子?"他接着又说："我还有活儿要干，你就去做功课吧。"

我带着那堆作业和一支笔走到米娜家。她和她妈妈铺了条毯子，在树下坐着。她妈妈在看书，米娜则在一本黑色的本子上很快地写着什么。看见我杵在那儿，她咧嘴而笑，示意要我翻墙进去。

米娜把我的作业拿去看，大声念出前三则习题。

一般认为，人类是从人猿进□而来。

这种理论就叫□□论。

这则理论是由查尔斯·达□□提出的。

遇到空格的时候，她就吟唱似的念成"叉叉叉"。

念完了这三则习题，她抬头看我。

"你在学校整天就学这些玩意儿啊？"

米娜咯咯笑了。她随手翻了翻那本故事书，内容是关于一个男孩凭空捏造许多故事，却逐一成真。

"好像挺有意思的，"她说，"不过这红色的标签要做什么用？"

"代表这本书适合心智比较成熟的读者，"我说道，"学校用颜色标签来推动适龄阅读。"

"如果有人不属于这个阅读层，却想看这本书，那怎么办？"

"米娜。"她妈妈提醒她适可而止。

"他们要如何将威廉·布莱克归类呢？"米娜只装作没听见，滔滔不绝地往下说。

"'暗夜丛林／老虎威猛'，这诗适合给能力好还是能力差的人来读？难道欣赏这首诗还得有什么年龄限制吗？"

我看着她，一句话也说不出来。一心只想翻墙走掉，赶快回家。

"还有，如果它被界定为适合给能力最差的一群人阅读，那么能力优秀的那群人是不是连看都不必看了，否则不是降格以求，浪费时间？"

"米娜。"她妈妈又叫了一声，同时对我绽开温和的笑容。"你别在意，"她说，"她这个人有时候挺嚣张的。"

"是哦。"米娜说道。

她继续在黑色本子上涂涂写写。

一会儿，她抬头看着我。

"随你高兴，"她说，"你就乖乖做你的功课，继续当个乖宝宝好了。"

她妈妈微微笑了。

"我要进屋里去了，"她说，"如果她再这么咄咄逼人，你就叫她闭嘴，知道吗？"

"知道了。"

她妈妈离开之后，我有好阵子闷不吭声，假装埋头在看《荒漠里的朱利亚斯》，其实根本心不在焉，一个字也没看进去。

"你在写什么？"我终于忍不住开口。

"写日记。写下关于你、我还有斯凯力的事。"她头也不抬地说道。

"如果被别人拿去看了怎么办？"我问道。

"别人为什么要看我的日记？他们知道那是我的私人物品啊。"

说完，她又继续在那儿涂涂写写。

我想到学校每星期要我们交一次日记。克拉兹小姐总是会检查我们字写得工不工整，标点跟拼写有没有错误，然后她会给这篇日记打分数。在学校里几乎什么都能有分数评比，像是出勤状况啦、守不守时啦，还有学习态度，等等。我没告诉米娜这些，只觉得泪水在眼眶里打转。我猛地想起小宝宝，这么一来，眼泪更是愈发不可收拾。

"对不起，"米娜说，"真的很抱歉。我们之所以厌恶学校，就是因为这种制度的苛刻，不近人情。但我刚才的表现也高明不到哪儿去。"

她捏一捏我的手。

"这一切真是令人兴奋，"她低声说，"这些发生在你、我，还有斯凯力之间的事。我们还得去看看他。他肯定在等着我们。你说等会儿带什么给他好呢？"

第二十四章　扭曲的翅膀

"这是什么地方？"当米娜打开门，带我走进那座庭院幽深的宅子时，我这么问道。

我们弯腰低头，很快走到挂着警告标志的门口。

"这原本是我祖父的房子，"她说道，"他去年过世了，在遗嘱里留了这幢房子给我，等我十八岁的时候，就可以正式继承。"她一边转动钥匙，一边说道："不久我们就会把它重新装修，然后租出去。"

我们提着大包小包走进屋里，悄悄话也跟着溜进来。

"你别担心，"她低声说道，"反正还得等好几个星期，工人们才能开工。"

我扭亮手电筒，走进早上安置他的房间。他不在那里。房里空荡荡、静悄悄的，看不出曾经有人待过的样子。然后我们看见米娜的薄外套被扔在门后，地板上还有一些死苍蝇，这时又听见悄悄话在楼梯旁喵喵叫着。方才走近，却看见斯凯力半躺在第一层阶梯上。我们三步并作两步跑过去，在他身旁蹲了下来。

"筋疲力尽，"他说，"难过得要死。阿司匹林。"

我在他口袋里找到药丸，塞了两颗到他嘴里。

"你能动了，"我说，"你靠自己的力量动起来了。"

他痛得五官都皱在一起。

"你是想到高一点的地方吧。"米娜说道。

"嗯，想到高一点的地方。"他低声说道。

我们放下手里的包包，把他抬上第一层的楼梯间。

他扭曲着身体，发出痛苦的呻吟。

"放我下来。"他粗声说道。

我们把他抬进一个天花板挑高、贴着淡色壁纸的房间，然后搀扶着他靠着墙角躺下。房间的窗户虽然被木板钉死，但仍有几束光线从木板间的缝隙泻进来，照在他干瘪、苍白的脸上。

我冲下楼去把我们带来的东西一一取上来。我们先抖开几张毯子，铺在地板上，再放上一个枕头。我们把他的阿司匹林和鱼肝油全盛进一只塑料碟子，还在碟子旁搁了一罐已经开瓶了的啤酒。另外还有一块奶酪三明治跟半块巧克力。

"都是给你的。"米娜轻声说道。

"让我们帮助你。"我说道。

他摇摇头，翻转身子，四肢着地，吃力地朝地上铺着的毯子爬去。就着窗外射入的光线，我们看见他眼泪扑簌簌地流下，一颗一颗滴到地板上。好不容易，他半跪在毯子旁，却已经喘得上气不接下气。米娜往前走几步，也跪了下来。

"我来让你好过一点。"她轻轻说道。

于是她开始帮他解开外套的扣子，轻手轻脚地把外套褪到肩膀下方。

"不要。"他哑着声音拒绝。

"你相信我吧！"她低声说道。

他一动不动，任由她把袖子一寸一寸往下拉，最后把整件外套都给脱了。我们闷在心里不知道想过多少次的东西就这么映入眼帘：薄薄的衬衫底下，是一对从两侧胛骨长出来的翅膀。当我们把所有束缚都解开，翅膀从肩胛骨的部分开始伸展。它们被压得扭曲变形，连覆盖着的羽毛也零乱断裂。它们颤抖着发出咔啦咔啦的声音，渐渐地舒张开来，一寸一寸地高过他的头，宽过他的肩膀。斯凯力的头深深埋在地板上，因为极度的痛苦而啜泣着。米娜伸手，轻轻摩挲着他的眉毛，跟着又用指尖小心地抚触着翅膀上的羽毛。

"你真漂亮。"她仿佛陷入梦境般地低语着。

"让我睡觉。"斯凯力嘶哑着说道，"让我回家。"

他整个人瘫趴在地上，翅膀仍旧张开，微微颤动着。我们拉起毯子想多少帮他遮盖着取暖：那些羽毛扫过手背的感觉如此真实。不多久，斯凯力的呼吸稳定下来，终于睡着了。悄悄话黏在他的身边，呼噜噜地叫得挺乐。

我和米娜互望了一眼，然后我伸出颤抖的手，以指尖抚触斯凯力的翅膀。渐渐胆子壮了些，我就张开手掌，轻轻覆盖在羽毛上，感受着它的质感，以及羽毛下筋骨的硬度、肌肉的温热，我可以感觉到斯凯力呼吸的律动。

我踮着脚走到窗边，努力挤压木板间的缝隙往外看。

"你在干吗？"米娜压低了声音问道。

"我要确定外头还是那个原来的世界。"我说道。

第二十五章　小宝宝的心跳

　　小宝宝身上又插满了点滴吊管。保温箱的盖子紧紧盖着，她躺在里头动也不动。她身上裹着白毯子，黑色的头发软绵绵地贴在头上，根根伸直、死气沉沉的。我真想碰碰她的头发，摸一摸她的皮肤，确定她仍是温热柔软的。她的小手紧紧握着，平放在头的两侧。没有人说话。我听着医院里嘈杂的声音，听着外头花花世界的吵吵嚷嚷，然后听见自己的呼吸，也听见爸爸、妈妈在一旁忧心忡忡、急促的微喘，听见他们好生吃力地吸着气，不让眼泪流下来。我支起耳朵继续倾听，终于让我在各种杂音中听出了小宝宝微弱的呼吸声。我愈发听得屏气凝神，直到我相信自己听见了她怦怦的心跳为止。我告诉自己，如果可以就这么全神贯注地听下去，她的心跳一定不会停止。

　　走向停车场的路上，爸爸一直牵着我的手。我们在电梯口遇见那位挂着支架的女人，摇摇晃晃地从侧边楼梯走了下来。她喘得很凶，整个身体倾靠在支撑架上，却一边对我咧嘴笑着。

　　"每天要搭电梯，来回三趟，还得在楼梯间也绕上三次，"她说道，"累死了，可把我给累死了。"

　　爸爸眨眨眼，和善地向她点头示意。

　　"还没够哩！还得走到那儿！"她也向爸爸点点头。

　　"不过你看着吧，我就快要能跳舞了！"她伸出扭曲变形的手，拍拍我的胳膊。

"你今天怎么那么悲伤的样子，是不是去看了那位朋友了？"

我点头，她微微一笑。

"我就快出院了。他也会的。记着多走动，这是重点。还要保持好心情。"

她步履不稳地走开，一路还哼着《舞国千秋》。

"她说那位朋友是谁？"爸爸问道。

"没什么啦。"

爸爸没有追问下去。他心情太低落，根本没心思多问。

车子行进途中，我看见泪水从爸爸脸上慢慢滑落。我闭上眼睛，想着小宝宝呼吸的声音和她怦怦跳动的小心脏。我在心里倾听着。我用手抚着胸口，感觉小宝宝的心脏也在里头跳动。路上车水马龙，爸爸吸着气，忍着泪，慢慢地驾驶。我一言不发，专心致志地在延续小宝宝的心跳，保护她的安全。

第二十六章　始祖鸟

"就是它，"米娜加重语气说道，"始祖鸟，会飞的恐龙。"

她把厚重的《百科全书》摊开来放在草地上，我们开始研究这种举止笨拙的生物：它栖息在带刺的枝头，远处的火山冒出火焰和烟雾，庞然大物双角龙和剑龙在布满石头的原野上走动着。

"一般说来，恐龙已经绝种了，"米娜说道，"但另一种说法是，它们的后代子孙仍旧在我们周围出没。它们在树上结巢，在阁楼里做窝。这个世界四处能听见它们的歌声。小小始祖鸟存活了下来，并且在进化的过程中演变成今天我们所熟知的鸟类。"

她摸着书上始祖鸟那对短短的、似乎发育不全的翅膀。

"翅膀上有羽毛，看见了吗？但这种生物骨架太大、太笨重了。你看它的尾巴重得直往下沉。它只能在树丛石堆里做一点短暂的跳跃飞行，根本没办法像现在的鸟类轻松地飞高蹿低，盘旋打转儿。它的骨骼没有气化。"

我看着她。

"你已经忘得一干二净了吗？"她说，"气化作用。造成鸟类骨骼构造里产生气孔的一种进化过程。那是鸟类能够自由飞行的主要因素。"

襟鸟从我们头顶的树丛窜出来，像离弦之箭一般朝空中飞去。

"抬着始祖鸟，"她继续说道，"大概就像抬着一块大石头。也许有我所有的黏土模型加起来那么重。"

我看着米娜瞪大了的黑眼珠,流露出一种若有所盼的神色,就好像她希望我能看出什么,或者说些什么。我想起小宝宝躺在我大腿上的样子,想起斯凯力被我和米娜架在肩膀上的样子。我还想起了他的一对翅膀和小宝宝扑通扑通跳着的心脏。

"进化无止境。"米娜说道。

她一下子向我靠近。

"我们要做好继续前进的准备,"她说,"我们现在是这副模样,但并不代表永远都会是这样。"

她握住我的手。

"我们如此特别。"她低声说着。

她深深地看进我眼底。

"斯凯力!"她轻轻说道,"斯凯力!斯凯力!"

我也深深看着她,眼睛一眨不眨。米娜好像要从我体内把斯凯力召唤出来似的。

我们好像互相看进了彼此梦境的源头。

突然间,耳边响起一阵不怀好意的笑声,我们同时抬头张望着。滑头和蠢哥站在矮墙的另一侧,望着我们。

第二十七章　哥儿们和女生

"你哪里不对劲啊?"他们一直问着同样的问题,"你到底是哪里不对劲啊?"

我的表现简直无可救药,完全不成个样儿。我跳起来想用头顶球,却顶了个空。那球离我起码有一英里那么远。好不容易抢到了球,我却满场跌跌撞撞,踢不出个名堂。有一回真的被绊倒了,手肘被街边的石头擦破皮。我觉得两条腿又颠又颤的不听使唤。我压根不想玩了。这算什么嘛! 我跟滑头、蠢哥在街上踢足球,米娜腿上放了本书,高高地坐在树上,睖着眼睛冷冷地看着我们。

"因为他最近一直都在生病吧。"滑头说道。

"狗屁!"蠢哥说,"他没有病,他是心情不好。"

他冷眼看着我想要用膝盖把球顶到头上,结果球一弹弹到路的尽头。

"我只是疏于练习。"我说道。

"狗屁,"他说,"仅仅是一个星期以前,你还打遍全校无敌手。"

"可不是吗?"滑头应和着。

"还不都是因为她的关系,"蠢哥说,"树上那个丫头,跟他在一起的那个女生。"

滑头龇牙咧嘴笑了。

"可不是吗?"他又附和着说道。

我摇摇头,低声说了句:"狗屁。"

声音就跟刚才踢球的脚一样,抖得很厉害。

他们俩站在那里,笑得有点邪气。

"就是那个女生。"滑头说道。

"那个像猴子一样爬到树上的女生,"蠢哥说,"这会儿倒像只乌鸦似的坐在树丛里。"

"狗屁!"我说道。

我定定地看着滑头,他一直是我最好的朋友。我相信只要这么瞅着老友,他就会适可而止。

他咧嘴而笑。

"他可是握着她的手哟!"他说道。

"而她说他如此特别哟!"蠢哥说道。

"吃屎吧!"我丢了一句粗话,掉头就走。我头也不回地走过自家门口,直走到这条街的尽头,然后转进后面巷子,他们一路追过来。我走到车库加盖出来的地方,背靠着木板外墙坐了下来。我希望能恢复以前踢球的水平,我希望所有事情都能恢复旧观。

滑头到我身边蹲了下来,我知道他心里觉得抱歉。

"小宝宝病了,"我说,"病得很厉害。医生说我是因此而心情低落。"

"是啊,"他说道,"是啊,我都知道。对不起。"

蠢哥对准了车库外墙来来回回地踢球。

"别这样，"我制止他，"你会把车库弄垮的。"

他大笑几声。

"哦，是吗？"

然后继续再踢。

我站起来，一把抓住他的后颈。

"别这样！"我说道。

他没理会，又笑了起来。

"别怎样啊，迈克尔？"他故意捏着嗓子，装成女生的声音。

我把他狠狠地摁到墙上，一拳朝他脑袋旁边捶下去。

他气定神闲地朝滑头眨眨眼。

"看到了吧？瞧他那副婆婆妈妈的德行。"他说道。

我又朝他脑袋旁边的车库墙上，一拳捶下去。只听见轰然一声巨响，整座车库颤巍巍地摇晃起来。蠢哥火烧屁股一样跳开了。我们目不转睛地瞪着车库。

"真是活见鬼了。"滑头说道。

这时车库又冒出一阵咔啦咔啦的声音，跟着又是一阵摇晃，然后一切归于平静。

我轻轻推开后门，三个人轻手轻脚地走进院子。我们站在车库门口，一动不动地望着黑漆漆的内部。又厚又重的灰尘成堆地直往下落。

又是一阵咔咔作响。

"真是活见鬼了！"这回换蠢哥咒了一声。

"我最好把我爸找来。"我说道。

第二十八章　蠢哥和滑头

爸爸找来几根长形木板，横着钉在车库门上。即便他已经尽可能地放轻手脚，整座车库还是晃个不停。他要我们往后退，我们就乖乖退得老远，边看边摇头晃脑。他找来一罐黑色光面漆，在木板上写下"危险勿近"的字样。大功告成之后，他拿了可乐给我们，自己则拎着一罐啤酒，我们就排排坐在正屋的墙根，一边喝饮料，一边盯着车库看。

"最好早点把它搞定，嗯？"爸爸说道。

"我叔叔是建筑工人，"蠢哥说道，"他都是接一些盖车库啦、扩张改建之类的工程。"

"是吗？"

"他会告诉你，拆掉重盖才是最上策。"

"是吗？"

"是啊。有些家伙不知是怎么回事，有些东西早就该砸烂了，他们偏偏还留着当块宝。"

我想象着车库被拆掉，变成一大片空地的样子。

"是真的哦，"蠢哥又说了，"我叔叔常说，只要有柄超大铁锤和一部挖土机，没有什么不能搞定。"

说完，他灌了满口的可乐，襟鸟飞上车库屋顶，然后就停在那儿不动。我知道它在留意院子里的动静，希望伺机捕捉甲虫和其他胖虫子给它的雏鸟吃。

"它希望我们能离开。"我说道。

蠢哥弯着指头做手枪状，遥指襟鸟，一边还眯起眼睛做出瞄准的姿态。

"逮到你了。"说着，他的手因为后坐力而往后弹去。

爸爸跟滑头和蠢哥随口又聊了几句。他说很高兴见到他们。

"迈克尔最近总闷闷不乐，"他说道，"跟死党们搅和搅和，应该是解闷良药。"

"不过，可不能搅和进车库里哦。"滑头说道。

"绝对不可以，不可以。"

我们三个带着球又回到前院门口。米娜已经不在那儿了。这回我的表现好多了。但我一直忍不住转头，偷瞄着人去"树"空的树丛。我想象着也许此刻她跟斯凯力两个人在那栋空屋里。

然后，我又成了笑柄。

"怎么？才一会儿不见，已经开始想念她啦？"蠢哥说道。

我睁大了眼睛，试着对他咧嘴一笑，然后一翻身坐上了前院的矮墙。

"她到底是谁啊？"滑头问道。

我耸耸肩。

"她叫米娜。"

"她读哪一所学校？"

"她没上学。"

他们两个盯着我看。

"怎么回事？"滑头问道。

"她逃学啊？"蠢哥问道。

"她妈妈在家自行教学。"我说道。

他们又瞪眼看着我。

"活见鬼，"滑头说，"我以为每个人都得上学的。"

"想想不必上学会是个什么光景。"蠢哥呆呆地问。

他们真的想了好一会儿。

"算她走运。"蠢哥做出结论。

"那她怎么交朋友？"滑头又问道，"而且谁会喜欢整天都闷在家里？"

"她们认为学校会限制学习发展，"我说，"而且学校教育就是想把每个人都训练得像从一个模子出来似的。"

"狗屎。"蠢哥说道。

"就是嘛，"滑头说，"在学校里，大家不是整天都在上课学习吗？"

我耸耸肩。

"可能吧。"

"这就是你最近都不来上学的原因吗？"滑头问，"你是不是打算永远都不回学校啦？你也要让那个女生的妈妈对你自行教学吗？"

"当然不是这样，"我说道，"不过她们的确是要教我一些东西的。"

"什么东西？"

"像用黏土做模型，还有关于威廉·布莱克的种种。"

"那是谁？"蠢哥问，"是在城里开肉铺的家伙吗？"

"这个人说学校最无趣，"我说道，"他是画家，同时还是个诗人。"

他们互看一眼，露出一副"瞧瞧这家伙成了什么德行"的笑容。滑头根本不敢正视我，但我还是感觉到自己双颊火烧似的发烫起来。

"听着，"我说，"我没办法多说什么，但这个世界的的确确存在许多奇人异事。"

蠢哥叹了口气，摇摇头，一副觉得我无可救药的样子。他自顾自玩起拍球来了。

"我就曾经见识过。"我说道。

滑头看着我。

我真想带着他穿过那扇"危险勿近"的门，带他去见斯凯力。有那么一会儿，我好想好想告诉他，自己亲眼看见了什么，亲手触摸了什么。

"她来了。"蠢哥说道。

我们一起转头，看见米娜又往树上爬了去。

"猴子女生。"滑头说道。蠢哥咯咯咯笑着。

"嘿！"他想到什么似的叫，"也许拉斯普京说的那套进化论还真有其事呢。他应该亲自来看看这个女生，确认一下还是有不少猴子混在咱们人类当中。"

第二十九章　女生和哥儿们

她坐在树上，冷冷地俯瞰着我。

她以一种充满嘲讽的口气，抑扬顿挫地念起来：

> 谢天谢地我不必上学，
>
> 不必被逼着适应傻子的行径。

"你什么都不知道，"我说，"我们并没有受到压制，而且我的朋友并不傻。"

"哈！"

"就是这样，"我说，"你根本什么都不知道，却自以为与众不同，其实你就像大家一样无知。或者你懂得威廉·布莱克吧，但你对凡夫俗子却一无所知。"

"哈！"

"没错。哈！"

我盯着自己的脚丫子。我煞有介事地抠指甲。我有一下没一下地踢着花园矮墙。

"他们讨厌我，"她说道，"我从他们的眼神就看得出来。他们以为我要把你抢走了。那些蠢货。"

"他们并不蠢！"

"蠢死了。不是踢球就是打打闹闹，再不就像只土狼似的嚎叫。蠢！跟土狼没什么两样。你也好不到哪儿去。"

"土狼？他们还觉得你是猴子呢。"

"你看吧？我说得没错吧？他们根本不认识我，却已经开始讨厌我了。"

"噢，这么说的话，你对他们了解得很透彻喽？"

"我已经够了解了。反正他们也没什么值得深究。踢踢打打，鬼哭狼嚎，使劲要蠢，就这么回事了。"

"哈！"

"没错，哈！特别是那个红头发小个子……"

"布莱克也是红头发的小个子。"

"你怎么知道？"

"你以为除了自己之外，别人什么都不知道！"

"哪有！我才不是这样！"

"哈！"

她嘴唇抿得死紧，把头靠在树干上。好一会儿才迸出几句："你给我回去，回去踢你的蠢足球还是什么的。不要管我。"

我朝矮墙踢了最后一脚，然后头也不回地走了。我直接回家，爸爸在楼上大喊"哈啰"，但我没理他。我一直走到后院，这才蹲下来，死命地闭紧眼睛，不让眼泪流下。

第三十章　月光下的花园

　　猫头鹰的叫声把我吵醒。抑或是有人学着猫头鹰的叫声在呼唤我？我不能确定。总之，我是醒了。我静静望着窗外的深夜。月亮像一个橙色的球，高高地挂在天边，城里的教堂尖塔和房舍的烟囱像黑色的剪纸，浮在夜色之上。夜空是宝蓝色的，愈高的地方愈是黑，愈是黑的地方愈是衬得只有最亮的星星才能闪烁光芒。夜空之下，车库的黑影沉沉地压在院子里，只有一盏路灯，孤零零地投射出银色的光线。

　　我四下搜寻着猫头鹰的踪迹，却什么也没看见。

　　"斯凯力，"我低声叫着，"斯凯力，斯凯力。"

　　我打心底里懊恼，对自己的无用很生气。因为如果我想去找斯凯力，终究不能没有米娜帮忙。

　　我躺回床上，一直睡睡醒醒。我梦到斯凯力走进医院病房，把小宝宝身上的点滴吊管拆了个一干二净，还把她从保温箱里抱出来。小宝宝抬起手，用她小小的指头轻轻触碰着他干瘪苍白的脸庞，然后咯咯咯地笑了起来。斯凯力把她抱在怀里，飞越天空最黑暗的角落。然后他们降落在后院，一声接一声地叫着我的名字。

　　"迈克尔！迈克尔！"

　　他们站在那儿，笑逐颜开。小宝宝在斯凯力怀里没一刻安静地舞手弄脚。所有病痛衰弱都已经远离，他们已经恢复健康了。

"迈克尔!"斯凯力一迭连声地叫唤着，眼睛闪烁着快乐的神采，"迈克尔！迈克尔！迈克尔！"

我醒过来，又听见猫头鹰的叫声。于是我穿上牛仔裤和套头毛衣，蹑手蹑脚地下楼，走进后院。那里当然什么鬼影子也没有，但是刚才梦中情景却还深刻地萦绕在心头。我站定，侧耳倾听这个城市深夜的动静。那是一股低沉的、闷闷的却又绵绵不断的隆隆声。我穿过黑影，走进后巷。虽然心里明白这多半是徒劳无功，我还是朝米娜继承的那栋房子走去。走着走着，有东西拂过我的脚边。

"悄悄话！"我低声唤着。

这只猫轻巧地跟在我身边。

花园的门居然是半开的。月上东山，整座花园都沐浴在月光中。我一眼就看见米娜。她坐在挂着警告牌子的门口石阶上，手肘撑在膝盖上，苍白的脸托在两手之中。我迟疑了一会儿才走进去，然后我们就这么对望着。

"怎么那么久才来？"

我看着她。

"我还以为今天得独撑大梁呢！"她说道。

"那不是正合了你的心意。"

那只猫悄悄地走向米娜，在她脚边磨蹭着。

"噢，迈克尔！"她说道。

我不知道该做什么，便在低她一级的台阶上坐下来。

"我们都说了傻话，"她说，"我说了不少傻话。"

我没作声。一只猫头鹰悄悄地飞了下来，停在墙上。

"呜。"它叫了起来，"呜呜呜。"

"不要生气，跟我做朋友。"她轻声说。

"我本来就是你的朋友。"

"我可不是不分青红皂白地讨厌你的朋友，谁叫你今天讨厌我了。"

"是你讨厌我吧。"

又飞来了一只猫头鹰，无声无息地栖息在同伴身旁。

"我喜欢夜晚，"米娜说，"当夜晚降临，其他人都进入梦乡，好像什么事都可能发生。"

我抬头看着她映着银色月光的脸和墨汁一般深黑的眼。我想，有一天我会梦见斯凯力和一轮明月，无声地从她头上飞越。

我挪上一级台阶，坐在她旁边。

"我会当你的朋友的。"我轻声说道。

她笑了。然后我们就坐在石阶上欣赏月色。不一会儿，猫头鹰扑着翅膀朝市中心的方向飞去。我们轻松地往后仰靠在那座"危险勿近"的门上。我觉得自己就快睡着了。

"斯凯力！"我轻轻念着这个名字，"斯凯力！"

我们用力揉着眼睛，驱除睡意。

米娜把钥匙插进锁孔里。

第三十一章　飞　舞

　　没带手电筒，从窗板缝里透进来的光线又那么黯淡微弱，我们只能跌跌绊绊地在黑暗中前进。我和米娜互相牵扶，同时伸出腾空的另一只手在前方摸索着。一会儿走偏了直往墙上顶，一会儿又是脚指头被松动的地板给夹住，状况不断。好不容易一脚高一脚低地踩上楼梯，走过楼梯间，我们认准了斯凯力的房间，二话不说立刻扭转把手，把门往里推开一条缝。我们低唤着："斯凯力！斯凯力！"却得不到回答。于是我们伸直了双臂，小心翼翼地再往里走，每一步都踩得十分谨慎，唯恐斯凯力就在脚边。寂静的黑暗中，只听得见我们又短又急、不规则的喘息：我心跳得好快。我拼命睁大了眼睛，在黑暗中寻找斯凯力的身形。他不在房间里，地板上散放着毯子、枕头跟那只塑料碟子。我一个不小心踢翻了酒罐，它咕咚咕咚地滚进角落。

　　"他在哪里？"米娜低声问道。

　　"斯凯力，"我们轻轻唤道，"斯凯力！斯凯力！"

　　没办法，我们只好又跌跌撞撞地爬上另一层阶梯，打开一扇又一扇的门，望着那些伸手不见五指的黑房间，一声又一声地低唤着他的名字。没有回应。四下里只听到我们气喘吁吁，步伐不稳，还有因为声声叫唤在空荡荡的屋子里产生的回音。我们不死心，往更上一层阶梯爬。

我们突然不约而同地站定不动，紧紧握着对方的手，明显地感觉到彼此身体的颤抖。四下里除了黑暗，还是黑暗，我微微侧过头，看见米娜苍白的脸仿佛在黑暗中闪烁着银光。

"我们一定要更冷静一点，"她轻轻说道，"我们得用心倾听，非得像上回听出襟鸟雏儿的叫声那么用心才行。"

"好。"我说道。

"不要动。什么也别做。只管听，只管往深里听。"

我们手牵着手，在黑暗里倾听这夜的动静。一旦竖起耳朵，这夜并不全然是寂静无声的。城市特有的声音叮叮咚咚，一直没停过。这栋房子不是这个角落咔啦几下，就是那个角落吱歪两声，当然还有我们呼吸的声音。我愈听愈专注，甚至听出了内心深处小宝宝同气连枝的呼吸律动和她仿佛来自远方的怦怦心跳。我叹了口气，知道这会儿她仍安然无恙。

"听见什么了吗？"米娜问道。

我侧耳细听。她引导我听见雏鸟细弱鸣叫的旧事重演。我们头顶上传来一阵吁吁的细弱气音。是斯凯力的呼吸声。

"听见了。"我低声回答。

我们于是继续往上爬，来到了阁楼门口。我们忐忑地、轻轻地转动把手，缓缓地将门推开。

月光从拱形天窗流泻进来。斯凯力背对我们坐在窗口，身体朝向前倾。因为背光的关系，他整个人像是一张黑色剪影张贴在窗户上。我们可以清楚地看出他微拱的肩形，还有肩膀上那对收叠起来的翅膀。他的衬衫已经撕裂开来垂落在翅膀根部。他一定听见了我们开门进来，挨着墙边蹲下的声音，但他并未转身。我们没敢出声，也不敢贸然向他走近，只是蹲在那儿看。这时一只猫头鹰张着翅膀在月光中从天而降，停在窗口，然后它身体前倾，嘴巴一张，掉出了什么东西在窗台上，随即又飞走了。斯凯力低下头，把嘴凑近窗台。不一会儿，那只猫头鹰，或者是另一只猫头鹰又飞进来，停在窗口，张开嘴，扔下东西，然后飞走。斯凯力则又靠向窗台。这回我们看清楚了，他嘴里正嚼着东西。

"它们在喂他呢。"米娜轻声说道。

真是这样，每一回猫头鹰飞走，斯凯力就把它们留下的东西往嘴里塞，他嚼着，吞咽着。

他终于转过身子，面对我们了，面目五官仍旧因为背光而看不清楚。他还是一张贴挂在窗头的黑色剪影。米娜和我的手紧握着，仍旧不敢向他靠近。

"到我这儿来。"他低声说道。

我们一动不动。

"到我这儿来。"

米娜拉着我走向他。

他也离开窗户往前走，我们在房间中央相遇。他笔直站着，看起来比之前强壮许多。他一手一个，握住了我和米娜。我们三个就这么手握着手，站在洒满月光的地板上。他握住我的手紧了一紧，好像是要我放轻松。当他对我展露笑颜，我闻到一股呛人的恶臭，是他刚才吃下那些东西的恶心气味。我觉得一阵反胃。那是一种肉食性动物才有的浓浊口气；他活像是生吞了一只狗、一只狐狸、一只襟鸟，甚或一只猫头鹰。他的手又紧了一紧，同时又朝我一笑。他朝一旁走了几步，我们也跟着移动，最后竟极缓极缓地绕着圈子。大伙儿好像是小心翼翼、紧张兮兮地准备开始跳舞。转着转着，月光依次打在我们脸上，三个人的脸就这么忽明忽暗，忽暗忽明。每一次月光打上了米娜和斯凯力的脸，它们似乎就变得更亮一些，也更没有表情些。他们的眼睛那么黑漆漆不可测，眼神里明明什么也没有，却愈发像是能够洞悉一切。有那么一会儿，我想抽手离开这个三人小圈圈，但斯凯力一点不松手。

"不要停下来，迈克尔。"他低声说道。

他和米娜深深地看进我心底。

"别这样，迈克尔，"米娜说道，"不要停下来。"

我没停下来。事实上我发现自己在笑，斯凯力和米娜也在笑。我的心跳一开始擂鼓似的，最后渐渐稳定下来。我感受到斯凯力和米娜心跳的节奏和我的趋于一致，接着连呼吸的规律也同步了。感觉上我们像是慢慢地贴近，终于融为一体。我们融于黑暗，融于月光，成为这夜色的一部分。我失去了脚踏实地的知觉，只能感受到掌中另外两只手的温度，还有他们忽明忽暗、打着转的脸庞。有那么一会儿，我看见米娜背上如梦似幻地多了一双翅膀，而柔软的羽毛和结构细致的骨架正一点一点从我的肩膀生长出来。然后，我和斯凯力，还有米娜，三个人渐渐身体腾空。我们在这栋克洛街上老房子的空房间里，握手成圈，边打转边往上飘。

下一刻，一切都结束了。我只知道自己和米娜倒在地板上，斯凯力蹲在一旁，轻轻抚摸着我们的头。

"回家去吧。"他声音哑哑的。

"你是怎么恢复的？"我问道。

"多亏了猫头鹰和天使们。"他轻声说道。

然后他伸出食指，做势阻止我们继续追问。

"记着这个夜晚。"他低声说道。

我们悄悄地退出房间，走下楼，穿过挂着警告牌的大门，一口气走到户外，这才停下脚步。

"你也经历了这一切，对不对？"我轻轻问着。

"对。我们一起经历了这一切。"

我们笑了起来。我闭上眼睛，试着回味刚才肩膀上那对翅膀、那些羽毛和骨头的触感。我睁开眼睛，试着回想刚才米娜背上如梦似幻缓缓张开的翅膀。

"我们还会重新经历这一切的，"米娜说道，"对不对？"

"对。"

我们加快回家的脚步，在转入后巷时，停下来喘口气。这时我们听见爸爸一声又一声的叫唤。

"迈克尔！迈克尔！"

正在进退两难的时候，爸爸已经从后院走到后巷来了。他的声音充满了恐惧。

当他看见我们手牵手站在那里，他失声叫了起来。

"迈克尔！噢，迈克尔！"

他冲过来，紧紧抓住我的双臂。他握得那么紧，生怕我跌倒或是消失似的。

　　"我们刚才在梦游。"米娜说道。

　　"没错!"我立刻接口,"我不知道自己整晚在做什么。我做梦
了。我刚才在梦游。"

第三十二章　梦游症

死老头隔着厨房桌子坐在我对面。他又长又弯的指头握着我的手。我闻到他身上烟草的味道，看见他皮肤上的老人斑。爸爸向他说明事情经过，说我怎么在半夜里演出失踪记，还有我的那段"梦游"。我听得出爸爸依然还心有余悸，他大概以为会失去我了。我很想再告诉他一遍，我很好，一点也没事。

"我一醒过来，就知道他不见了。当下即知。如果你打心底关爱一个人，你真的会有这种感应。半点不假。是不是啊，老兄？"

死老头试着挤出微笑，但眼神还是既呆滞，又冷漠。

"当时有个女孩跟你在一起？"他问道。

"是米娜，"爸爸接口道，"她从窗户看见迈克尔半夜在梦游，于是就出来帮忙。是这样吧，迈克尔？"

我点点头。

死老头舔舔嘴唇。

"米娜？她不是我的病人，"他说道，"我无从得知她的状况。"

他又试着笑了笑。

"梦游？"他说着扬起眉毛，"真的吗？"

我就瞪着他。

"对，是真的。"

他打量着我。这家伙冷冰冰的，又干瘪又苍白，死人似的，肯定不会有翅膀从他背后长出来。

"让我好好看看你。"

于是我站到他跟前。他用小手电筒照进我的眼睛，仔细检视，接下来换成耳朵，他的呼吸和气味喷得我满头满脸。他又把我的衬衫撩起，用听诊器顶在我胸口上听诊：一双大手拂过我的皮肤。

"今天星期几？"他问道，"现在是什么月份？现任首相叫什么名字？"

爸爸咬着嘴唇，紧张兮兮地在一旁听着看着。

等我一一答出问题，他喃喃自语地说着："好小子。"

死老头摸摸我的脸颊。

"还有没有什么事想告诉我？"他问道。

我摇头。

"不要害羞，"他说道，"我跟你爸都是过来人。"

我又摇头。

"他是个身体强壮的小子，"他对爸爸说道，"只要稍看着点，就可以了。"他看着我，咧嘴而笑。"再有就是晚上得留在床上喽。"

他一直拉着我。

"这段时间会不大好过，"他说道，"你的身体内部正持续地产生变化。有时候整个世界会变得既狂野又诡异。但你终究会熬过去的。"

"你有没有帮厄尼看过病？"我问道。

他扬了扬眉毛。

"厄尼·迈尔斯。这栋房子的前任屋主。"

"啊——"死老头说道，"是的，迈尔斯先生以前是我的患者。"

"他有没有提起过看到一些东西？"

"一些东西？"

"奇怪的东西。好比在花园里或者屋子里。"

我用眼角余光瞄到爸爸又在那儿咬嘴唇了。

"迈尔斯先生后来病得很重，"死老头说道，"那时他病得快死了。"

"我知道。"

"当人濒死的时候，心智会产生变化。它会变得比较……比较没有章法。"

"那他是看见一些东西喽？"

"他的确提到看过某些景象。不过我有不少病人都这么说过。"

他又伸出修长的指头握着我的肩膀。

"我认为你该和朋友们一起踢踢足球，"他说道，"我认为你应该回去上学。"他看着爸爸，又说："没错，我认为他应该回去上学。待在家里太久了。"他拍拍我的脑袋，"这里装了太多杂七杂八的想法，太多虑了。"

他起身告退，爸爸送他到门口，两个人还不时低声交谈。

"明天就去上学。"爸爸折回厨房后开口便是这么一句。他一直想装出干净利落又有效率的样子，但从他紧抿着的嘴唇和看我的神情，我知道他心里还是挺害怕的。

"对不起，爸。"我小声地说着。

我们双手紧紧握在一起，望着外面的院子。

"你为什么会问起那些厄尼的事？"他说道。

"我也不知道，"我说，"只是些疯狂的想法吧。"

"说到疯狂，你可够疯狂了，你说了什么来着？什么梦游那一套？"

有那么一会儿，我想和盘托出一切事情：斯凯力、猫头鹰、我和米娜夜里跑出去做了什么……但我知道这些听起来会有多诡异。

"是啊，"我说道，"可真是够疯狂了呢，爸。"

第三部
隐形的翅膀

第三十三章　重回课堂

我隔天就到学校去了。拉斯普京在课堂上欢迎我重回校园。他说他很想念我，并且希望我可以赶上这段时间落下的进度。我告诉他，我一直在研究进化论，而且我还读到有关于始祖鸟的资料。他的眉毛抬得老高。

"你认为在人类的世界里有类似始祖鸟这样的生物吗？"我这么问他。

他凝视着我。

"比方说，人类经历某种变化然后能够在天空飞翔？"我补充说明。

我听见蠢哥在背后窃笑。

"你干吗不告诉他那个猴子女生的事？"他说道。

"那是什么？"拉斯普京问道。

"猴子女生。"蠢哥正经八百地回答。

我听见滑头低声要蠢哥住嘴。

"也许有些人身上还残留着人猿的成分，"蠢哥说道，"像是那些猴子女生和猴子男生。"

我没理会，继续刚才的始祖鸟话题。

"果真如此，我们的骨头还得先经过气化。"我说。

拉斯普京走向我，顺手把我的头发拨弄得一团乱。

"除了骨骼构造改变，一对翅膀也挺重要呢！"他说道，"看得出来你涉猎的层面很广。很不错啊，迈克尔。还有你，蠢哥，你别穷搅和。我们都知道谁才是那个猴子男生。"

蠢哥咻咻笑着。当拉斯普京走回讲台的时候，他就咿咿呜呜地学起人猿的叫声。拉斯普京说，有关进化论的讨论到此告一段落，我们开始要研究人体内部构造了：肌肉、心脏和肺、消化系统、神经系统和脑部。

"要每天都出勤哦，迈克尔，"他说道，"不要再错过任何课程了。"

"是的，老师。"我说道。

他取出一幅人体剖面的挂图，鲜红的叶肺和心脏暴露在横切的胸膛里。其他像是胃和肠子、血管脉络、神经网络，也都一目了然。肌肉被标成深褐色，骨头是白色，脑则是一片灰蓝。挂图里那具体无完肤的模特儿好像从深陷的眼窝里，目不转睛地瞪着我们。有些人觉得既恶心又恐怖。

"这就是我们的真面目了。"拉斯普京说道。

蠢哥又在那儿傻笑。

拉斯普京叫他上台，然后做状把蠢哥身上的皮肤一条一条剥离，再一把撕开他的胸膛。

"你们看，"他说道，"不管外表长得多吓人，剥开那层臭皮囊，每个人的内在都是这么回事。把蠢哥老兄开膛剖肚，他的内部构造其实和我们并没有两样。"

说到这里，他微微一笑。

"当然啦，果真这么做，实际的状况多半不会像图片上那么整齐清洁了。"

蠢哥三步做两步冲回座位。

"现在，"拉斯普京说道，"请大家像我这样，把手搁在左边胸口上，感受一下自己的心跳……"

我们都照着做了。我知道这时候可不能告诉拉斯普京，说我可以感受到自己和小宝宝的双重心跳。他八成会以为我疯了还是怎么着。

"这就是我们的引擎所在，"拉斯普京说道，"它夜以继日地怦怦跳着，不管我们是醒是睡，它都会持续跳动。我们根本不必花心思去想这档子事。多数时刻，我们几乎不会注意它的存在。但是，如果它停止了……"

蠢哥装出仿佛被人勒住脖子、不能呼吸的模样。

"完全正确，蠢哥先生。"

接着拉斯普京也做出怪声，整个人还趴在讲桌上痛苦扭动着。

我四下环顾，全班大概有过半的同学这时都趴在桌上，假装自己已经死了。

滑头没死，他正看着我。我看得出来他想要和我重修旧好。

午休时，我在操场上铆足劲儿踢足球，又是扑身拦截，又是俯冲头球。我一路盘球做假动作，然后一跃而起，使出超猛的后空踢。我个人独得四分，助攻三次得分，最后我队以悬殊的比分获胜。球赛结束之后，我才发现牛仔裤管被撕裂了一道口子，左手指关节都擦破皮，留下深深浅浅的伤口。眼睛上方也磕破了一块，还不停渗出血来。队友们簇拥着我回到教室，他们说，这是我有史以来表现得最精彩的一场球赛。他们说我一定要归队。他们需要我。

"别担心，"滑头说道，"这回他是真的归队了，是不是，迈克尔？"

下一堂是克拉兹小姐的课。我写的那则故事是有关一个男孩到河边废弃仓库探险的经历。他发现了身上有股恶臭的流浪汉，流浪汉那件经年不换洗的破外套底下，居然藏着一对翅膀。男孩接济流浪汉，喂他吃三明治和巧克力，原本病弱的流浪汉便逐渐康复。男孩有个朋友叫卡拉。流浪汉让男孩和卡拉体验飞行的滋味，然后有一天他就鼓动翅膀，飞越水面，消失无踪了。

当克拉兹小姐坐在我身旁读这则故事时，我看见她眼里泛着泪光。

"好美的故事，迈克尔，"她说道，"已经看得出自己的风格了。你在家的这段时间，是不是练习过写作？"

我点点头。

"很好，"她说，"你确实有天分，要好好珍惜。"

不多久，我们学校的秘书穆尔太太走进教室，附在克拉兹小姐耳边说了些什么，两个人眼睛却都看着我。然后穆尔太太要我跟她出去一会儿。我跟在她后面，浑身不由自主地颤抖着。我把手搁在胸口上感觉自己的心跳，默默随着她穿过长长的走廊，走进办公室。是爸爸打电话来，现在还在线，他有话要告诉我。

我咬着嘴唇，握起话筒。

电话那头传来他的叹息。

"小宝宝怎么了？"我立刻问道。

"嗯，有点不对劲。我得跑一趟医院，去解决点事。"

"什么事？"

"一堆琐事，儿子。他们希望能跟我还有你妈谈谈。"

"不用跟我谈吗？"

"我跟米娜的妈妈商量过了。你可以到她家喝茶，在那儿待到我回家。我会速去速回。"

"小宝宝不会有事吧？"

"他们是这么说啦，他们也希望小宝宝没事。反正今天晚上不会有什么动静。他们打算明天再动手术。"

"我应该待在家里。我应该心无旁骛，一心一意记挂着她。"

"我会帮你亲她一下的。"

"也帮我亲妈妈一下。"

"没问题。你真是很勇敢哦，迈克尔。"

我不勇敢，一点也不。我心里一边这么想着，一边止不住的发抖，我不勇敢，我非常、非常不勇敢。

第三十四章　斯凯力的画像

　　我和米娜坐在厨房餐桌旁，她妈妈在工作台切着莴苣、番茄和面包。米娜一个下午都在画图，纸张和颜料散落满桌子。她脸上有好几道颜料的痕迹，手指则沾满了明亮的油彩。桌上摊着好大一幅斯凯力的画像。画里的他直挺挺地站着，翅膀从两肩高高地张开。他笑着，仿佛正直视着我们。

　　"如果被你妈妈看见怎么办？"我小声问道。

　　"这又不是什么特定对象的素描，"米娜说道，"你爱认为他是谁都可以。"

　　这时她妈妈转过身子，说道："画得不错呢，是不是，迈克尔？"

　　我点头称是。

　　"这就是威廉·布莱克看见的东西了。他说我们四周都是天使和精灵，只要睁大眼睛仔细瞧就能看见。"

　　她从架子上抽出了一本书，让我看布莱克的画。画的是他在伦敦所看见的、那些长着翅膀的生物。

　　"如果抓到要领，也许我们都能看见那样的东西吧。"她说道。

　　然后她碰了碰我的脸颊。

　　"不过，我有你们这两个天使坐在这儿也就够了。"

　　她瞪大了眼睛，一眨不眨地看着我们。

"这不是很神奇吗?"她笑着说道,"我清楚地看见两个天使坐在我家桌边。"

我想到小宝宝。不晓得透过那双无邪的眼睛,她都看见了些什么?如果这会儿她已经濒临死境,她又能看见什么?

不想她了。我抽出一张纸,信手涂鸦,然后发现自己画的是蠢哥。我给了他一双扭曲的手脚和一头火红色的头发。在我笔下,他背上胸前,还有两条腿,全都长满了毛。

"这画的是你的朋友,"米娜说道,"一个不折不扣的小恶魔。"

我看着她,像要把她看穿似的,希望可以再次看见她那对如梦似幻的翅膀。她妈妈在一旁哼唱起来:

我做了个梦,却想不透那有什么意义。

在梦中,我是少女皇后……

"我今天去看他了。"米娜低声说道。

我头也没抬,在蠢哥头上画了两只角。

"我先去找过你,"她说道,"你爸说你已经上学去了,他还问我是不是也该做点事、做点功课。"

她靠过来,画了一根又黑又瘦的舌头从蠢哥嘴里吐了出来。

温柔的天使守护着我,

愚蠢的敌人啊,不敢造次!

"斯凯力问我：'迈克尔在哪里？'"米娜小声说道，"我告诉他你到学校去了。他就说：'学校！迈克尔为了学校而离弃我！'我说你并没有离弃他，我说你爱他。"

"我是爱他啊。"我也压低了声音。

"我告诉他，你非常担心小宝宝会死掉。"

"她不会死，"我立刻说道，"她不可以死。"

"他说你一定要常去看他。"

她咬着嘴唇，朝我更靠近了点，说："他说他很快就要走了，迈克尔。"

　　于是他展翅飞翔，

　　霎时间，清晨被染成玫瑰般嫣红。

"走？"我问道。

"没错。"

"走到哪儿去？"

她摇摇头："他不肯说。"

"什么时候走？"

"快了。"

我的手抖了起来。一把抓了些纸，我画了斯凯力拍着翅膀飞过暗淡的天际。

　　不久之后，我的天使再度造访，

我却早已长出双手，天使徒劳而返……

她妈妈靠了过来，开始清理桌面，排放餐盘。

"因为青春已逝，"她继续哼唱，"我已满头白发。"

"来吧，"她说道，"可以吃东西了。迈克尔，你画得真好。"

第三十五章 "明天动手术"

　　我们一直等到天色渐渐暗了，爸爸都还没回来。我不停地走到玄关，望着外面的街道，还是没有动静。米娜的妈妈不停地安慰我。

　　"别担心。他很快就回来了。别担心，迈克尔。我确定一切都不会有问题的。"

　　我们一直在画图，画了又画。我画全家人围在小宝宝身边，我画米娜那张苍白的脸、黑色的眼睛以及覆盖在眉毛上又黑又直的刘海；我还画了斯凯力干瘪脏污、一动不动地躺在车库地板上；然后我再画他意气风发地倚在拱形窗前，猫头鹰就在他身旁低空回旋。我看着改头换面的斯凯力，心想这到底是怎么回事？难道真是因为中国菜、鱼肝油、阿司匹林和黑麦酒，还有那些猫头鹰衔来的死东西发挥作用了？我画了厄尼·迈尔斯穿着条纹睡衣目不转睛地看着后院。我愈画愈上手。我发现每一张画作愈来愈能呈现我的所见所思。即便心中有个部分仍在为小宝宝担心，但我发现画画可以让自己精神集中。我画了小宝宝好几次。有时候特别强调她没有三根毛的大头，有时候是她小小的手，有时候则是弯着身子趴在我们膝上的模样。我也想象着画出小宝宝眼中的世界：长长的医院病房有许多步履蹒跚的大人，一堆吊管点滴和不时哔哔作响的医疗仪器以及护士们俯瞰的笑脸。从罩着她的保温箱玻璃看出去，外面的世界扭曲成诡异的形状。最后，我画了斯凯力出现在病房门口。我可以感觉到在看见他的刹那，小宝宝油然而生的兴奋，她加速跳动着的心脏，她如风中之烛般的小小生命。

米娜一张接着一张地检视我的画，足足有一大沓。看完，她一把抓住我的手。

"你以前画不出这样的作品，"她说道，"你变得比较勇敢，比较不畏缩了。"

我耸耸肩，"常踢球就能踢得好，"我说道，"常画图就能画得好。"

我们等了又等。天色更暗了些。襟鸟在灌木丛和树间叫着。米娜的妈妈点亮一盏灯。有电话进来，但那不是爸爸打来的。米娜的妈妈给了我们一些巧克力，我把巧克力含在舌尖，让它慢慢地融化。每隔一会儿，她就会哼起歌来，有时候是布莱克的诗，有时候则是古老的民谣。米娜有时也扯着高音加入阵容。

> 太阳渐渐西沉。
>
> 微星点点闪烁。
>
> 倦鸟也已归巢，
>
> 我却必须寻找我的……

米娜对我的沉默有意见。她笑着说："很快我们就会让你开金口的。"

天愈来愈黑。

"我有东西给你看。"她说道。

她在一只小碗里盛了点温水，然后往桌上一摆，跟着从架子上取下一颗夹缠着皮毛和骨头的球状物。看起来像是她从车库地板上捡回来的那玩意儿。她把它丢进温水里，然后用手指头搓啊搓。那玩意儿裂成一小块一小块的深色软毛和被撕裂的表皮。她把小骨头一根一根拔掉，出现了一颗头盖骨，显然为某种袖珍型动物所有。

她妈妈看了一下，笑了。

"又是一团猫头鹰胃里的残骸。"她说道。

"是的，"米娜说道，然后看着我，"猫头鹰在享用它们的猎物大餐时是连皮带骨吃下，连渣也不剩的，迈克尔，"她说道，"它们把肉先消化，不能消化的部分，像皮毛骨头啦，就在胃里反刍。所以只要检查它们胃里的残骸，就能知道它们都吃哪些东西。就拿这只猫头鹰来说吧，它和其他猫头鹰没什么不同，也是爱吃老鼠这类的小动物。"

她妈妈走到水槽边洗洗弄弄的。

"那是我从车库地板上捡回来的，"她低声说道，"满满一地板都是。"

"是从斯凯力身上来的。"我也压低了声音。

她点点头。

"这意味着……"

她摇摇头。

我也说不上什么了。

"非比寻常！"她轻呼一声。

然后又唱起歌来了。

我向窗外望去，看见对面人家窗子里的灯一盏盏地亮了，淡紫色的天空镶嵌着参差的树影，我看见最后一群倦鸟纷纷归巢了。

没多久电话响了，这回真是爸爸打来的。米娜的妈妈把话筒递过来，我却是举手维艰。

她笑了笑。

"来吧，"她说道，"来接吧。"

爸爸说一切都还好。小宝宝睡着了，他刚才和几位医生谈过，现在想再多留一会儿陪陪妈妈。

"小宝宝好不好？"我问道，"他们打算怎么做？"

"他们决定明天动手术。"他说道。

"动什么手术？"

他不吭声。

"爸，动什么手术？"

电话那头传来一声叹息，我听出了他声音里的恐惧。

"他们明天要帮小宝宝动心脏手术，迈克尔。"

后来他又说了些什么，但我没怎么留意。不外是说很快就回来陪我了，一切都会没事的，还有妈妈问候我。我呆呆地挂上电话，轻轻说道："他们要帮小宝宝动心脏手术哩！"

第三十六章　恐　惧

　　我跟米娜走到花园门口，坐在矮墙上等着。爸爸的车随时可能从街角转进来。玄关的门是半掩的，屋里的亮光从门缝里流泻出来。悄悄话出现了，从墙边的黑影安静地踱了出来，挨在我们的脚边，蜷成一团。

　　"如果斯凯力生吃小动物，还像猫头鹰一样制造出食物残骸，"我说，"这又意味着什么？"

　　她耸耸肩，说道："我们无从得知。"

　　"他究竟是什么？"我又问。

　　"我们无从得知。有些事就是无从得知，我们只能认了。为什么你妹妹会生病？为什么我爸爸会死？"她抓着我的手，"有时候我们以为凡事都能追根究底，弄出个所以然，可偏就不是这回事。很多时候只能敞开心去看，然后发挥我们的想象力。"

　　我们聊起了那些鸟巢里的雏儿们，还试着去倾听它们呼吸的声音。我们纳闷着不知道这些小小红襟鸟会梦见什么。

　　"有时候它们的梦境很吓人的，"米娜煞有介事地说，"它们会梦见猫儿爬上了树，一步一步逼近了；它们会梦见有着丑陋鸟喙、危险的乌鸦；它们会梦见残忍的小孩子以掠夺鸟巢为乐；它们会梦见危机四伏，随时都面临死亡的威胁。不过，还是会有美梦的。生之美梦。它们会梦见自己像父母一样能飞了；它们会梦见有朝一日找到属于自己的树，筑了属于自己的巢，还生下了属于自己的小小鸟。"

我把手放在心脏上。不知道当他们一刀划开小宝宝的胸膛时，我会有什么感受？米娜的手小小的，指头摸起来又干又冷。我连那上头细微血管的脉动都能感受得到，而我自己的手则一直微微颤抖着。

"我们就像雏鸟一样，"她说道，"有时候快乐得不得了，有时候心里却怕得要死。"

我闭上眼睛，想找出那些快乐的时刻都藏到哪儿去了。我把眼睛闭得死紧，眼泪却还是不听使唤地流下来。悄悄话的爪子在我牛仔裤上又抓又拖的。此刻我真希望能像斯凯力一样，一个人待在阁楼里，只和猫头鹰、月光和那股气若游丝的心跳为伴。

"你好勇敢。"米娜这么说道。

这时爸爸开车回来了。车子引擎呼呼作响，车灯亮得刺眼，而我心中的恐惧正无限增长。

第三十七章　离巢的小鸟们

漫漫长夜，我睡睡醒醒，断断续续地做着梦，始终睡不沉。没有月亮的晚上，天空黑得无边无际。床头时钟显然是停了。在那里头，时间是死的。一点钟，两点钟，三点钟，没有什么不同。钟点与钟点之间应该是由无尽的秒数串联着吧。我没听见猫头鹰的叫声，也没听见来自斯凯力或米娜的呼唤，整个世界像暂时停止活动，就连时间也冻结了。不知过了多久，我终于睡着了。迎着天光醒来时，只觉双眼刺痛，心情低落。

早餐是烤焦了的面包和半冷了的茶。我和爸爸食不知味地吞咽着，不久便爆发争执。

"不要！"我叫道，"我才不去上学！为什么我一定得去？我今天就不去！"

"我说了算，你就算见鬼了还是得照做！怎么样最不给你妈还有小宝宝添麻烦，你就得照做！"

"你一心想把我支开，眼不见为净，你就不必把心思放在我身上，你就可以全心全意挂念那个见鬼了的小宝宝！"

"不准你说见鬼了！"

"见鬼了！见鬼了见鬼了见鬼了！这真是不公平！"

爸爸狠狠踢了一下桌脚，牛奶瓶应声而倒，整罐果酱掉了下去，地板一片狼藉。

"你看吧！"他吼道，"你看你都把我逼成什么样儿了！"

他猛然抡起拳头，恶狠狠地像是要捶打什么：什么都有可能，可能是桌子，可能是我。

"去上你那见鬼了的学！"他咆哮着，"趁早见鬼了给我滚远一点！"

说完，他立刻冲了上来，一把将我拖进怀里。

"我爱你，"他轻轻说道，"我爱你。"

然后我们相拥而泣。

"你当然可以跟我一起去医院，"他说，"但是你在那儿什么忙也帮不上的。我们也只能等待了。要祈祷并相信一切都会好转。"

没多久，米娜来敲门。

她手上抱着悄悄话。

"你一定要来帮我忙。"她说道。

爸爸点点头。

"等下午手术结束了，"他说道，"我就去接你，跟米娜去看看吧。"

她带着我到她家花园。悄悄话被她紧紧抓着，动弹不得。襟鸟在屋顶上示警似的叫得很大声。

"坏家伙。"她对着猫咪嘟囔着，然后打开正屋大门，把悄悄话往屋里扔，再赶紧把门关上。

"雏鸟们离巢了，"她说道，"别乱动，保持安静。还有，要小心那些猫。"

我们静静地坐在门前石阶上。

"你注意看灌木丛底下，"她说，"还有墙边的玫瑰花树底下。"

我才开口问这回的目标是什么，就在灌木丛的阴影下看见一只雏鸟。它根本是一团小小的棕色羽毛球，细细的鸟嘴张得大大的。

"户外生活第一课！"她说道，"它们还不会飞，还是得靠爸爸、妈妈喂食。但它们几乎是孤零零地在过日子。它们只能藏在草丛暗处，等着父母送食物来。"

鸟爸爸、鸟妈妈飞近了些。一身棕色的鸟妈妈停在最矮的一根树枝上，黑得发亮的鸟爸爸则站在灌木丛顶端。它们嘴边都有虫子晃啊晃的，并且相互轻柔叫唤起来，雏鸟们则发出微弱不规则的叫声。

"才第一天离巢呢！"米娜小声说道，"我想悄悄话至少吃掉其中一只了。"

鸟爸爸、鸟妈妈因为忌惮着我们，一直不敢有进一步行动。后来，它们还是飞进花园里。一只小小鸟从玫瑰花丛底下，摇摇晃晃走出来，让妈妈把虫子喂进嘴里。然后鸟爸爸、鸟妈妈又飞走了。

"它们整天都这样，"米娜说道，"来来回回地喂食，总要到黄昏才会停止。然后明日复明日，一直重复这些步骤，直到雏鸟会飞为止。"

我们目不转睛地看着。

"随时可能有猫来吃雏鸟，"她说道，"乌鸦也会，那些蠢头蠢脑的狗也会。"

爸爸从屋里出来，朝我们走了过来。米娜把手贴在嘴唇上，眼睛瞪得老大，示意他放轻手脚。爸爸便踮着脚走近。

"雏鸟离巢了。"她低声解释道。

然后指出位置要爸爸看。

"看见了,"他低声说,"看见了,看见了。"

他一动不动地蹲在我们身旁。

"它们好可爱哦。"他说道。

然后他捧住我的双颊,我们就这么四目相对了好一会儿。时候不早,他真的得走了。

"你一定要相信,"他对我说,"一切都会没事的。"

他尽可能安静地走去开车,慢慢地驶离这条街。我和米娜就坐在石阶上,痴痴地看着棕色鸟妈妈和黑亮鸟爸爸一次又一次地进出花园,喂食它们的小宝宝。

第三十八章　斯凯力不见了

上午时分。米娜的妈妈为我们送来茶水。她坐在我们身旁石阶上，和我们说话。她先从雏鸟谈起，然后说起整条街上人家的花园里，百花待放，天气愈来愈暖和，日出的时间也愈来愈早了。她谈到春天将至，这个世界挨过几个月的死气沉沉，终于逐渐恢复生机。她说起了一个名叫珀耳塞福涅女神的故事。珀耳塞福涅一年当中有一半的时间被迫待在地底深处的冥王府。在这段被软禁的时间里，地面上就是一片冬日景象。白昼变短，黑夜逗留不去，天气寒冷。生物们纷纷躲了起来，逃避严寒之苦。而从她获准回到地面，一步一步离开冥王府开始，春天就降临了。天地变得明亮起来，万物也渐渐向荣，欢迎女神归来。因此白昼变长，气候回暖，动物们这才从冬眠中醒来，生育下一代。植物们也才能含苞冒芽，怒放盛开。生命重回大地。

"一则古老的神话。"我说道。

"是啊，"她说，"但也许它是个几近事实的神话。你放眼看看四周，迈克尔。学飞的雏鸟和盛开的花，还有晴朗的阳光。也许这世界正在欢迎珀耳塞福涅的归来呢。"

她按着我的手臂。

"生命真奇妙，迈克尔。也许不多久，你就要欢迎自己的珀耳塞福涅回家了。"

　　我们陷入一阵沉默，各自想着珀耳塞福涅。我想象她一路挣扎着朝我们而来。她在黑暗的隧道中推挤前进。因为不时地转错弯路，脑袋一不小心便撞上石壁。有时候她想着干脆放弃算了，就在伸手不见五指的黑暗里嘤嘤哭泣起来。但她终究没有放弃，强打起精神，继续前进。她在冰冻的地底溪流间跋涉；地底岩层密布，她在矿砂和煤炭之间奋力往前走，使劲地拨开古生物化石、恐龙的尸骨和掩埋在泥层底下古老城市的残砖破瓦；她还得刨开盘错交缠的巨树之根，才能有下一步立足之地。她伤痕累累、流血不止，但她始终告诉自己要往前走，要往上爬。她告诉自己很快就能重见天日，再次感受到地面世界的温暖。

　　是米娜的妈妈开口说话，打断了我的思绪。

　　"我会看着小鸟，"她说，"你们到附近走走吧！"

　　于是米娜牵起我的手，拉着我往外走。我好像在梦中漫游一样。只觉四周房舍都半斜着在那儿摇来摇去。日头晒上了屋顶，天空明晃晃地扎人眼睛，停在屋顶上的鸟儿只成了几点黑色的影子。马路也泛着强光。我仿佛坠入又深又黑的池塘，对上头熙来攘往的车潮，只闻其声，却是什么也看不见。

　　她抓住我的手臂。

　　"你还好吧，迈克尔？"她一直追问着，"你真的没事吗？"

　　我们走向写着"危险勿近"的门。她牵着我穿门过户，走进了黑沉沉、灰扑扑的屋里。我们默默地走上楼。她一直扶着我，好像我是个老人或病号似的。

　　在踏上最后一层楼梯间时，她告诉我："他正等着我们，迈克尔。见到你，他肯定会高兴极了。"

她扭转门把，我们走了进去，日光从拱形窗透进来。

我们瞪大眼睛站着。

他不在那儿。

米娜掉头便往楼下冲。我听见她急促的脚步声，砰砰砰地连开了好几扇门。我听见她一直叫唤着他的名字。

"斯凯力！斯凯力！斯凯力！"

我听见她拖着沉重的步子走上楼。她的脸苍白得什么似的，眼底闪烁着泪光。

"他不在了，"她轻轻说道，"他真的不在了。"

我们走近窗口，望向远处的天空。

我觉得自己身体一直往前栽。我一手抓着窗台，一手抚着心脏。

"噢，米娜！"我叫道。

"怎么了？"

"我的心跳停止了，你摸摸看。它一动不动。"

她倒吸一口气，伸手摸我的胸口，一边叫着我的名字。然后我只看见一片黑暗。

第三十九章　自己的心跳

"别叫死老头，"我喃喃自语，"请别叫死老头。"

我瘫在地板上。米娜跪在一旁，不停地搓搓我的手臂，低声叫着我的名字。

"不要叫死老头。"我又说了一次。

"好，"她说道，"不叫死老头。"

我挣扎着坐起来。靠着墙坐在窗户底下。

"摸摸你的心脏。"她说道。

我照着她的话做，感受到它正规律地跳动着。

"感觉到了吧?"她说道。

"但只有我的心跳。小宝宝的心跳消失了。"

"噢! 迈克尔。"

我觉得体力正在逐渐恢复。我吞了吞口水，揉揉眼睛，握握拳，然后再一次摸着自己的胸膛。

"只剩下我自己的心跳，米娜。小宝宝的已经消失了，她死了。"

"实际情形如何，你根本不知道。"她说道。

我使劲站起来。

"我想我已经知道了，米娜。"

我们走出阁楼，走进黑暗笼罩的房间。

"他在哪里?"下楼时我问道。

米娜没搭腔。

过了一会儿才说:"嗯,每个地方都找过了。"

我手抚着心脏的位置,仍旧感觉不到小宝宝的心跳。

"她死了。"我轻轻说道。

"也有可能她还好好活着啊。"

"我应该打电话到医院去问。"我嘴里这么说,心里却知道自己没这个胆。

我们步出屋外,重见春日天光。红襟雏鸟步履不稳地走进灌木丛的天然掩体。巷子里的垃圾桶旁边有一只不知名的猫,它弓着背,恶狠狠地看着我们走过。

"你爸就快来接你了,"米娜说道,"他会告诉你一切顺利,没事儿的。"

"别跟他说我的事,"我说道,"这时候不要再拿我的事去烦他了。"

她笑了笑,紧紧握了握我的手。

"斯凯力到底上哪儿去了?"我说道。

她只是摇头,然后我们继续往前走。有好大一只灰色的鸟从我们头顶飞过,直飞上万里无云的蓝天。

"威廉·布莱克以前也昏倒过好几次,"米娜说道。"他说灵魂可以跳出体外透透气,然后再一跃而入。他说极度恐惧或者剧痛都可能引起这种现象。有时欢乐无限也会造成晕厥呢。美丽的事物何其多,人类被震慑得失了心魂,本来也说得过去。"

　　我们继续走着。我的身体沉重，行动迟缓，就像是个关节炎患者，四肢正一点一点地硬化成石头。

　　"我想你能了解布莱克的想法。"她说道。

　　我说不出话来。嘴里又干又泛着股酸味，感觉好像自己也吃了猫头鹰扔在窗台上的动物尸体。

　　"灵魂一跃而出，又一跃而入，"米娜说道，"他就是这么说过的。"她大笑。

　　"这不就像是在跳舞吗?"

　　我们回到米娜家。在石阶上坐下来，继续守护着雏鸟。

　　"也许他走了，再也不回来了。他说有一天他真会这么做的。"我说道。

　　我把手搭在胸口，和米娜一起静静等待爸爸回来。

第四十章　等　待

米娜的妈妈在膝盖上放了一张砧板。她笑着在砧板上摆了一颗石榴。

"石榴，"她说，"多可爱的名字！"

她用刀把水果分成四份。红色的汁液一涌而出。无数颗果粒包含在果肉里。

"珀耳塞福涅在地府等待的时候，只吃这种水果。"她说道。

她给了我和米娜一人一瓣，自己也拿了一瓣。她给了我们大头针，好挑出果粒。我们坐在那儿，一点一点地从有苦味的核上啃食甜美的果肉。

"看看这里头有多少生命，"她说，"每一个果核都可以长成一棵树，每一棵树都可以结出上百颗果子，然后每一颗果子又能孕育出上百棵树。周而复始，生生不息。"

我用手从嘴里捏出一堆果核。

"你想想，"她说，"如果每一粒籽都能顺利成长，这个世界可不就要被石榴给占满了吗？"

我舔舔嘴。米娜紧靠着坐在一旁。我们看着襟鸟来来回回地喂雏鸟吃东西。我抬头看着天空，想象斯凯力振翅高飞。他愈飞愈远，终于变成天际一个小小的黑点。电话突然响了起来，米娜的妈妈跑进去接；我的心怦怦怦跳得很快。但那不是爸爸打来的。

我埋头猛挑果肉里的籽。

"这会儿你心脏还好吗？"米娜问道。

我试着在自己急速的心跳中感受小宝宝温和的律动。

我摇摇头。

"她不在了。"

日渐当中，天气愈来愈暖和。

不多久，丹多太太骑着自行车经过。看见我们，她噼里啪啦走进花园，惹得屋顶上的襟鸟厉声发出警告，雏鸟颤巍巍地走进掩体。

"天气真好。"她说。

她笑望着我们。

"我们又开始想念你了。"她说。

米娜的妈妈把最后一块石榴递给她。她一边吃，一边笑了起来。

"石榴啊，"她说，"打从十二岁之后，我就没再吃过了。"

接着她告诉我一些滑头、蠢哥和其他同学的事。

"他们一直告诉我——把迈克尔带回来。"

她又给我带来了一沓家庭作业。其中有一张人体剖面图，图上有箭头指向各个部位。拉斯普京注明要我把空白的器官名称填上去。

米娜跟我一起看着那张图片。

"胫骨，"我们一一念出答案，"腓骨、胸骨、锁骨、桡骨、尺骨、肾、肝、肺脏、心脏、脑部。"

"还有肉眼看不见却跳进跳出的心灵。"米娜说道。

丹多太太看了米娜一眼。我知道蠢哥一定跟她说了这女孩的事。他会形容米娜是个疯疯癫癫的猴子女生，这女孩没事就像乌鸦一样坐在树丛里，就是这女孩让迈克尔和大家都疏远了。

克拉兹小姐的字条上写着："再写一个跟上回一样好看的故事，迈克尔。让你的想象力自由发挥。"

我闭上眼睛，什么也不想再想。小宝宝死了，斯凯力走了，他们丢下我在这个丑陋、冷酷、可怕的世界。当丹多太太告诉米娜的妈妈，我球踢得多好、和其他男孩玩得多疯时，襟鸟铆足了劲儿扯着嗓子叫了又叫。

米娜的妈妈只是笑。

"小宝宝怎么了？"丹多太太终于开口问了。

"不知道。"我低声说。

"她今天要动手术。"米娜接口说道。

"噢！可怜的小家伙。"丹多太太如是说。

"可不是吗？"米娜说，"而且老实告诉你吧，丹多太太，迈克尔现在最不需要踢足球啦、学校啦这类鸡毛蒜皮的小事来打扰。"

她妈妈叹了口气，叫了一声："米娜！"

"难道不是吗？迈克尔，你自己说。"米娜说道。

我受不了了，径直站起来坐到矮墙上，扭过头不想看她们。

"你看！"米娜说，"你把他惹毛了吧！"

这时爸爸的车驶进这条街，在我前方停了下来。他把车门打开，我坐了进去。他用手搂住我，"一切都结束了。"他这么说道。

第四十一章　妈妈的梦

我错了。她并没有死。她只是麻醉还尚未退尽，沉沉地睡着了。她盖着白色的毯子，轻轻地打呼噜。妈妈告诉我们，她小小的胸口有一条极长的刀口，密密实实地缠了一圈又一圈的绷带。点滴吊管一样不缺，她胸口插着导管，随着心脏的起伏，连接在一旁的仪器发出规律的哔哔声。

"他们说，现在一切都没事了，迈克尔，"她说，"这回是真的没事了。"

我们三个手牵着手坐在那儿，静静地望着病床上的小不点儿。

"他们说，有一度还以为她撑不下去了，"她说着用手环住我的肩膀，"但她终究是挣扎着活了过来。"

一位护士走进来，一一检查点滴吊管和那台仪器的运作。然后她拍拍我的脑袋。

"你妹妹拼劲十足，"她说，"她可是个小小斗士，硬是不认输。"

"你仍旧在为她祈福吗？"妈妈问道。

"是的。"我说道。

"到底要帮她取个什么名字好呢？"爸爸说道。

"珀耳塞福涅。"我说。

他们大笑。

"那有多拗口！"他说道。

"应该帮她取一个简洁有力的名字，"妈妈说，"要能符合她的个性。"

"勇妹。"爸爸此话一出，惹得我们直笑。

"男人婆。"我正儿八经地提议。

"大姊头。"妈妈说道。

"那还不如就叫她'你老兄'算了。"爸爸根本是瞎起哄。

"你们看，"妈妈说，"她在做梦。"

真不假呢。她眼皮底下的眼珠子正骨碌碌地转动着。

"不知道她都梦见些什么。"爸爸说道。

"希望都是些美好的事物喽。"妈妈说道。

"那是当然的了，"爸爸说，"你看她的小脸蛋，那么甜美平和，几乎是微微笑着哩！真是个小天使。啊，有了！不如我们叫她安吉拉。不好，不好，不顺口。"

"有一件事真的非常非常奇怪哦。"妈妈说。

她停了一会儿，还一边甩甩头。

"什么事？"爸爸问道。

她把脸皱成一团，好像很不好意思的样子。

"是这样的，"她说，"昨天晚上我翻来覆去睡不安稳，不停地起床看看小家伙的情况，然后再眯上一会儿。我一直做梦，乱七八糟地乱梦一通，然后……"

"怎么样？"爸爸又问道。

"然后我看见一个男人，就这么回事。应该也是一场梦吧？但我又确定当时自己明明是醒着的。总之，那人站在小宝宝床边，浑身脏透了。他穿着一身黑，那外套不知道多久没换洗，灰扑扑、油腻腻的。他背上拱起好大一团，头发纠结交缠，看起来挺吓人的。我想走上前把他推开，我想尖叫，叫他离我的孩子远一点！但我却是一动也不能动，半点声音也发不出来，当时我真以为他就要把孩子抱走了。但他突然回过头看我，脸色那么干瘪苍白，倒有三分不像人，但一双眼睛却是如此温柔宁静。不知怎么，我立刻知道他不会伤害小宝宝，我知道一切都会没事的……"

她停了一会儿，又甩甩头。

"然后呢？"爸爸追问着。

"然后他弯下腰，一把举起小宝宝。小宝宝神志清醒，和他四目相接，深深地互望着对方。然后他居然慢慢地转起圈子来……"

"就好像在跳舞似的？"我问道。

"没错，就像他们俩在跳舞似的。接着就发生一件最稀奇的事了……"

她忍不住笑了起来，耸耸肩，说道："这最稀奇的事呢，就是小宝宝背上出现了一对翅膀。那是一对透明的、如梦似幻的翅膀，几乎一闪便看不真切也摸不着，但它的的确确就在小宝宝背上，羽翼轻柔。不只小宝宝有翅膀，那个高大的男人背后也长了一对，这幕景象实在既古怪又有趣。不多久，那男人把小宝宝放回床上，再度转过头看看我，然后一切就结束了。接下来我睡得跟木头似的，什么也不知道。等我醒过来，他们已经准备好要替小宝宝动手术了。说也奇怪，我心里笃定得很，一点也不担心。在她进手术房以前，我亲亲她，小声地告诉她，我们是多么深爱着她。我知道手术会成功的。"

"它真的很成功。"爸爸说道。

"可不是吗?"妈妈说，"我一定老想着你那天问的问题，才会做这个怪梦。你问我肩胛骨是做什么用的，对不对?"

我笑着点头。

小宝宝的眼珠子一直在转动，兀自做着她的好梦呢。

"有趣的小家伙，"爸爸说，"不知道她在梦中都看见了些什么?"

"斯凯力，"我喃喃自语着，"斯凯力。"

"我们还有得忙呢，"妈妈说道，"你知道的，是不是? 我们得一直守护着她，特别是刚开完刀这段时间。"

"我知道，"我说，"我们三个会爱护她，爱护她，再爱护她。"

不多久，我们便离开病房。在走廊上，我看见马克·纳博拉医生从电梯走出来，背后仍旧跟着一群穿着白大褂的学生。我请爸爸稍等一下，然后跑去找马克·纳博拉医生。他低头看着我。

"医生，"我说，"记不记得我跟你提过的那个朋友? 就是患了关节炎的那一位?"

他弓起肩膀，挺出胸膛，说道:"啊哈! 他准备好来让我缝缝补补一番了吗?"

"不是，"我说道，"他好像渐渐好起来了。"

"太好了，"他说，"这么说，鱼肝油和乐观的心情真的有效喽? 也许他暂时逃过我这一关了。"

学生们笑了起来。

"爱能不能帮助病情好转？"我问道。

他扬起眉毛，抿着嘴，指头在下巴点啊点的。有一个学生已经从背包里拿出笔记本和铅笔。

"这个嘛，"医生说，"嗯——我们做医生懂得什么是爱呢？"他朝拿着笔记本的学生眨眨眼，她立刻红了脸。"爱是同气连枝，爱是生生不息。"

"是威廉·布莱克的诗吗？"我问道。

他大笑。"眼前可是一位博学之士哦。"他说。

然后他收拾起戏谑的神情，微微笑着。

"告诉你的朋友，我希望他永远不必来找我。"

然后他朝我眨眨眼，转身率领着学生们走了。

"这是怎么回事？谁是你朋友？"等我快步折回的时候，爸爸这么问着。

"没什么啦，"我说，"只是小宝宝入院之后，我遇见的一个人。"

他笑了："神秘男子哦，我是说你啦！"

在开车回家的路上，我们把车窗摇下，爸爸放声高歌着《达科他的黑山》。我则两手交握，一遍又一遍地发出猫头鹰呜呜呜的叫声。

"不错嘛，"他说，"我喜欢这一招。实在很不错。你一定要教我怎么做。只要别挑我开车的时候就好。"

车子渐渐驶进闹区，我们脸上的笑意一直就没有消失过。

"她还没有完全脱离险境,"他说,"你是真的明白吧,是不是?"

"我明白。但她总会脱离险境的,不是吗?"

"那当然!"他叫道,"那当然,她一定会的!"

然后他又唱了起来。

"这下子我们可得回头收拾那栋屋子了,嗯?"他说道。"我有个主意!今晚咱们再来点 27 跟 53 号,呃?"

"27 跟 53 号,"我说,"极品!"

"极品!好词儿!真的是极品呢!"

第四十二章　天使的舞蹈

米娜和我把吃剩的 27 跟 53 号，外加一瓶黑麦酒装进袋里，然后拎着它往"那儿"走。天色已经全暗，街边的路灯全都亮了。入夜之后，天气变冷，天上星星不停地闪烁。我们呼出的空气在嘴边凝成一条白色雾气。一路上，我告诉米娜关于我妈在医院所做的梦。

"太奇妙了。"她低声说道。

她笑着说，这表示只要我们需要他的帮助，他就会出现。但这会儿我们希望能再次见到他，亲手碰触他。

走进巷子不多久，悄悄话就窜到我们脚边。

"坏小子。"她说道，一边蹲下身子摩挲着那只猫。

"今天一整天下来，雏鸟越发苗壮了。它们已经能展开翅膀飞到灌木丛间比较高的地方，也就不容易被猫啊、狗啊抓住了。一整天下来，它们就是不停地从鸟爸爸、鸟妈妈那儿吃着虫子、更多的虫子。等我把悄悄话从屋子里放出来之后，这家伙只能臭着脸，沮丧地坐在石阶上'望鸟兴叹'了。"

"你这可怕的小蛮子。"她嘴里这么说，却仍一边摩挲着悄悄话。这猫呼噜噜地发出满意的声音，愈发紧紧地挨着米娜。

我们不做任何期待地穿过那扇"危险勿近"的门，整栋屋子寂静无声。阁楼如我们所料，是空的。见不到一只猫头鹰，自然也不见斯凯力的踪影。我们在窗台上发现了一只死老鼠，一点熏肉，还有一小堆死掉了的黑甲虫。

我们靠着墙坐了下来，抬头望着窗外满天的星斗。

"我打心里觉得这回她真的会好起来。"我说道。

米娜笑了，悄悄话呼噜噜地低声叫着。

"你摸摸我的心脏。"我说道。

她把手搁在我胸口。

"你感觉到了吗?"我问，"她的心就在这里头，紧邻着我的，正扑通扑通跳着。"

她聚精会神地试了一会儿。

"我分辨不出来，迈克尔。"她说道。

"再试一次。集中精神。除了手到、耳到，你还得'想象力到'。那股律动就像是从远方传来，又细又轻，就像红襟雏鸟在巢里微弱的叫声。"

她闭上眼睛，再次用心感受。

然后她笑了。

"嗯，"她轻声说，"有了，原来在这里。这儿也有，这儿也有，这儿也有。"

"这就是小宝宝的心跳，"我说，"这下子它可不会叫停了。"

"不会叫停了。"

然后她开始唱起威廉·布莱克之歌。

太阳渐渐西沉。

微星点点闪烁……

我也加入合唱。

倦鸟已经归巢，
我却必须寻找我的……

"看吧！"她说，"总有一天我会让你开口唱歌的。"

夜更深了，我们也差不多该回家了。

"我可以睡在这里哦，"她说，"一切维持不变，永远幸福快乐。"

我深深一叹。

"但我们得走了。"

说归说，我们却是一动也不动。

这时，窗外突然传来一阵沙沙沙的声音，星星被什么东西给遮住了，窗户格格作响，然后我们就看见他沿着窗棂爬进来。他没看见我们。径自蹲在地板上喘大气，背上的翅膀缓缓收起。

"斯凯力。"我从牙缝里叫出他的名字。

他侧过头，脸色像月光一样苍白。

"迈克尔、米娜。"他的声音干涩，有气没力的，但有一朵微笑正慢慢浮上嘴角。

我把纸袋拿出来。

"我们帮你带了点吃的，斯凯力。27 跟 53 号。"

"哈！"

我和米娜跪在他身旁，把食物从袋子里拿出来给他。他用扭曲的指头深深一捞，捞起了一串和着蘸酱的猪肉和豆芽。他伸出舌头，又吮又舔。

"极品，"他轻轻说，"绝对是极品中的极品。"

"还有这个。"我说道。

我把酒瓶盖打开，他张开嘴让我把啤酒倒进嘴里。

"本以为晚餐只有死老鼠了，没想到居然有大餐。"

他又吃将起来，发出了满足的叹息。

"一对天使，"他说，"你们是一对天使。"

我们看着他又吃又喝，看着他一点一点地恢复体力。

"你去看我妹妹了。"我说。

他笑了。

"嗯！一个挺漂亮的小家伙。"

"你让她变强壮了。"

"小家伙充满生命力，浑身是劲，一团火球似的。是她给了我力量。"

他又喝了口啤酒。

"但这会儿力气用尽，"他说，"我累坏了。"

说着，他伸手摸了摸米娜和我的脸。

"但我会再长力气的，这都多亏了天使和猫头鹰。"

他把食物和饮料推到一旁，斜倚在墙上。

我们三个围坐成一个小圈圈。有好一会儿，我们只是互相望着、笑着。

"你就要走了。"我终于忍不住开口。

他闭上眼睛，点点头。

"你要去哪里？"我问道。

他耸耸肩，随手朝窗外的天空一指。

"某个地方吧。"他说道。

我轻触着他软涩冰冷的手。

"你究竟是什么？"我低声问道。

他又耸耸肩。

"某种东西吧，"他说，"某种……介于你们人类、野兽、鸟类和天使的一种东西吧。"

然后他微笑着说道："来，咱们站起来。"

我们围成一圈，互相握紧了手，深深地看进彼此眼底。我们开始绕圈子。心跳和呼吸趋于一致，不停地转啊转，直转到那对如梦似幻的翅膀从米娜和我的背上缓缓张开；直转到我们觉得脚底踩空，身体渐渐浮了起来；直转到我们似乎就在半空中绕行舞蹈。

然后一切告终，我们又是脚踏实地了。

"我们将永远永远都不会忘记。"米娜说道。

斯凯力身体往前倾，一手一个，抱住了我们两个。

他舔了舔沾在唇上的一点红色酱汁。

"谢谢你们为我准备的 27 跟 53 号，"他说，"谢谢你们重新给了我生命。现在该是你们回家的时候了。"

　　我们走向门口，把门推开，眼光却一直停在他身上。即使我们不得不缓缓把门关上，仍然从愈来愈窄的门缝里一个劲儿地瞧。他一直以温柔的眼光目送着我们。我们无言地走下楼，走出这栋房子，和悄悄话一行三个，踏入美得令人窒息的夜色。

第四十三章　哥儿们

第二天我在学校的表现岂一个好字了得。我纵横球场，所向披靡。我左闪右躲，又盘又带，成功化解敌队的进攻，一记长传把球踢给队友，然后靠着俯冲头锤和远射，狠狠得了好几分。

上课铃响，我们一群人便穿越球场，朝教室跑去。滑头跟在我后头。

"你小子走运，"他说道。"我就不相信这种好事还能有第二次。"

我大笑。

"走运？那这又算什么啊？"

我把球往地下一扔，开始绕着他盘球，我让球在双脚之间游移一阵子，然后想往前带。不想他在我后腿弯重重拐了一记，两个人都跌了个狗吃屎。

"犯规！"我大叫，"犯规！"

我们在球场上扭打成一团，在草皮上打了好几个滚。他个头比我大，把我死死钳住，一翻身坐在我肚皮上，硬是把我压得动弹不得。

他龇牙咧嘴笑开了。

"有种再说一次。"他说道。

"犯规！摆明了犯规！"

他高高举起拳头作势往我脸上砸，但他一下子乐不可支，翻倒身子，躺在我旁边。

"活见鬼了，"他说，"你今天的表现真是没话说。"

我们就躺在那儿笑得没法收拾。然后就听见丹多太太的吼叫声："快进教室去，你们两个都快迟到了！"

我们往教室方向走去。

"之前你好像离开我们，一个人到了好远好远的地方。"他说道。

"我知道。"我这么回答。

"你要不要告诉我这是怎么回事？"他说。

我们停下来，然后我看着他，确定他是真想知道原委。

"总有一天，我会一五一十地告诉你。"我说道。

我们看见蠢哥已经在教室门口等着了。

"说不定我也会告诉那个疯家伙，"说着，我又补了一句，"如果我觉得他慧根够，愿意相信这一切的话。"

丹多太太又叫了起来。

"快啊，你们两个，快进教室去！"

第四十四章　三根羽毛

接下来几天，我都帮着爸爸整理屋子。我帮他搅拌贴壁纸用的糨糊，跟他一起仔细地粉刷门窗。我们每天都到医院看妈妈和小宝宝，小宝宝早就从昏睡中清醒，身体也一天比一天强壮。他们拔掉了她身上的点滴吊管，那部仪器也关掉再也用不着了。她胸口上缠着的纱布一圈一圈地减少。每天傍晚，她都会坐在我腿上，又扭又笑，没一刻安静。她学会怎么对着我们吐舌头，一高兴起来，眉、眼、嘴都会笑。

"看看她，"我和爸爸会这么说，"这个小坏蛋。"

然后妈妈会笑着说："喂喂喂，我们就快回家喽。"

我试着想找马克·纳博拉医生，但一直没再遇见他。

我们几乎餐餐都吃中国菜外卖。爸爸眨巴着眼睛说，我们最好口风紧一点，要不然让妈妈知道了，恐怕会要我们连吃上一个月的色拉，以兹平衡。我故意戳一戳他的肚子，说："真是这样也不错哦，肥仔。"

"说得跟真的一样，"他说，"那好，以后就都不吃 27 号跟 53 号喽？"

"没错，肥仔，"我说，"从今以后，我改吃……19 号跟 42 号。"

"哈！又在发挥想象力啊？你这家伙！"

吃过晚饭，我就会去找米娜。我们就在她家厨房的长桌子画图着色。我们一起读威廉·布莱克的作品，一起写老房子、探奇，还有流浪到神奇国度的历险故事。

米娜每次都问："迈克尔，小宝宝什么时候才能回家？我快等不及了，我都还没看过她呢！"

小宝宝回家之前，我们又去了阁楼一次。那时候正是向晚时分，好大一轮红日垂在天边，仿佛一伸手就能摸到了。

阁楼里一片空寂。她指给我看鸟巢底下一小堆猫头鹰吐出来的食物残骸。

"别太靠近，"她说，"它们捍卫起雏鸟来，那可是不要命的。"

我们站在角落，遥想着斯凯力。

"他现在可能被其他人发现了。"米娜这么说道。

"嗯，"我说，"希望真有人能发现他。"

然后我们看见在拱形窗底下的地板上，刻画了一个心形图案，那颗心旁边还刻了几个字：谢谢，斯。有三根白色的羽毛躺在心形里。

我们笑着拾起羽毛。

"有三根呢！"米娜说道。

"另一根是给小宝宝的。"我说道。

我们蹲在地上看羽毛的时候，猫头鹰们从外头飞了进来，就停在我们头顶的窗台上，然后有两只小猫头鹰摇摇晃晃地出现在对面墙边阴影里。它们圆乎乎光秃秃的，张得大大的嘴里发出微弱的叫声。我们倒吸一口气——它们怎么会那么嫩嫩的！那么美！不多久，猫头鹰们飞出去猎食，我们在那儿又逗留了一会儿。等猫头鹰们衔着猎物飞回来，我们就看着那两只小猫头鹰，埋头猛吃，狼吞虎咽。

"小蛮子。"我有感而发。

"没错，"米娜说，"美丽又温柔的小蛮子。"

我们相视而笑。正准备悄悄离开的时候，猫头鹰们又飞了回来，而且还朝我们逼近。它们扔了些东西在地板上。是一只死老鼠、一只幼鸟，早断气了，血还兀自从它们被撕裂的毛皮和羽翼间淌下来。猫头鹰们一转眼便呼啸着飞走了，凄厉的叫声在暮色里回荡。

"猛禽。"我轻轻说道。

"杀手。"米娜说，"多么别出心裁的礼物！嗯？"

"它们当我们是同路人。"我说道。

"说不定我们真的是。"米娜说道。

我们拎着那两具死尸，蹑手蹑脚走出去。

"晚安了，小小鸟。"我们低声道再见。

到了外头，我们把老鼠和幼鸟埋在花园边上。我们抬头望向阁楼，看见猫头鹰飞过月色曼妙的夜空，为雏鸟们衔来更多的尸肉。

"工人们就快来了，"米娜说，"我会等雏鸟们能飞了，才让他们动工。"

第四十五章　拆车库

那个星期六，工人来处理车库了。他们一行三人，带头的是贝利先生，他戴着一顶帽子，年纪已经不小了，另外两个是他儿子——尼克和格斯。他们给外墙几记重锤，眼看着它摇摇欲坠，他们一边留意着屋顶咿咿呀呀往下沉的情况，一边检视着砖块，砖块随手抠抓就碎裂成一片一片了。最后这三个人扯掉爸爸钉在门上的木条，眯缝着眼往里边瞧。

贝利先生脱下帽子，在他那个光头上抓了抓。

"就算额外再付钱，我也不在里面施工。"他说道。

他似乎在盘算着什么，一会儿耸肩，一会儿抿嘴，最后看着爸爸，又说："你知道我在打算什么主意吧？"

"应该是吧。"爸爸答道。

"没别的办法，就只能拆掉重盖了。"

爸爸看看我，问道："怎么样？"

"不知道。"我这么答着。

"那还不容易，"贝利先生说，"要不就决定拆，要不就等着它哪天塌掉。"

爸爸笑了。

"那就动手吧，"他说，"把里面的东西搬出来，然后拆了它。"

于是他们支起了铁架撑住屋顶，免得它中途塌了。他们把里头的垃圾杂物一一往外搬，堆在后院。那些老旧的五斗柜，破掉了的洗手台，一袋袋的水泥，边角断裂的门板，支离破碎的帆布椅，破败的地毯，整捆整捆的绳索、水管，好大一叠的报纸、杂志，还有电缆线跟一袋袋的钉子……全都重见天日了。他们每搬出一件东西，我和爸爸就上下左右地检视着，一面做出评论："这应该还派得上用场。"或者是："啊，这玩意儿不行了，废物一块。"一辆卡车拖来一辆装卸车，就停在后面巷子。我们把所有东西一股脑儿全扔了进去。经过这一番搬运，大伙儿身上全沾满了死苍蝇、死蜘蛛、砖头碎片和泥灰。好不容易清干净了，我们便团团站着喝杯茶，歇口气，不时地拿这满院子的脏乱开玩笑。

我走向车库大门，伸长脖子往里面瞧。

"迈克尔！"爸爸叫道。

"是——"我说，"我知道。我不会进去的。"

他告诉工人们，打从刚搬进来那天起，我满脑子就想要一探究竟。

"跟这两兄弟小时候一个样，"贝利先生说，"越是黑暗危险的地方，他们越是想靠近。"

我一直盯着车库里边。那儿只剩下一些瓦砾、尘土和破陶罐，再不然就是堆在角落尽头的一叠茶箱了。一旁散落着几瓶啤酒空罐、一撮羽毛和一些食物残骸。我叹了口气，轻轻念着："再见了，斯凯力。"

工人们和爸爸不知什么时候走到我身后。

"你看，"贝利先生用手朝里头一指，说道："看来像是有流浪汉曾经在这儿消磨了一两天。这地方没塌下来压死他，算他走运。"

喝过了茶，贝利先生摩拳擦掌，准备投入工作。

"好啦，儿子们，"他说，"差不多该动手拆了。"

整个过程大概只花了一两个钟头。我们站在厨房里远远看着他们干活，每一次砖瓦掉落发出"砰"一声巨响，我们就咬咬嘴唇，摇头晃脑一番。不多久，车库解体，化成了大山似的一堆砖头、木块和尘土。

"见鬼了。"爸爸脱口咒了一句。

"这么一来，至少我们就有一座大花园让小宝宝尽情玩耍了。"

他点点头，然后开始画起"大饼"：他会铺上绿油油的草皮，会挖一个池塘，他还会种上一整排灌木，好让鸟儿筑巢。

"哈!"他说，"一定会成为我们家的天堂乐园。"

工程结束的时候，格斯和尼克把手插在腰上，看起来既快乐又骄傲。贝利先生一头一脸的尘土，对我们竖起大拇指，做出大功告成的手势。于是我们走进院子，和大伙儿一起喝茶。

"简直过瘾极了。"贝利先生说道。

"是啊，"格斯附和着，"再没有比大拆大卸更叫人过瘾的了。"

第四十六章　隐形的翅膀

她回家那天是个温暖明亮、美丽的星期天。春天真的来了。爸爸开车去接她们，我留在家里打扫厨房。我把昨天晚上的外卖餐盒用报纸卷起来再丢进垃圾桶。我为妈妈烧了壶茶，为爸爸准备了啤酒和玻璃杯。

然后我冲上楼，把小宝宝的羽毛塞进她的床垫底下。我忍不住微笑，因为这么一来，她会有好梦无数。

我下楼等着，望着如今空荡荡的后院。车库被拆得一干二净，就连那片碎裂的水泥地板也荡然无存。原本的石墙被木头篱笆取代了。我想象着不久的将来，园子里花木繁盛、绿草如茵的景象。

听见车子停在门口的声音，我居然浑身发抖，动弹不得。我深呼吸，心里想着斯凯力，然后跑去开门。爸爸抱着小宝宝，妈妈笑吟吟地站在一旁。

"妈，欢迎回家。"我低声说出事先练习过的句子。

她看出我的紧张，愈发笑得眼睛都眯了起来。她牵着我走进屋里。进厨房之后，她让我坐在一张椅子上，然后把小宝宝放进我怀里。

"看看你妹妹有多漂亮，"她说，"看她变得多强壮。"

我把小宝宝举高了一点。她弓着背好像随时准备跳舞或起飞。她伸手往前抓，小小的指甲划过我的脸颊。她推挤着我的嘴唇，跟着卷起我的舌头，我尝到她皮肤的味道：咸咸的、甜甜的、酸酸的、带点奶味儿，还有一股我分辨不出来的神秘气味。她忽然咿咿哇哇哭了起来。我把她抱近一点，整张脸都凑上去，她黑色的眼珠子直望进我眼底深处——梦的所在，然后她破涕为笑。

"她还是要定期上医院做检查。"妈妈说，"但他们确定危险期已经过了，迈克尔，你妹妹这回真的是没事了。"

我们让小宝宝躺在桌上，然后围坐在桌旁。大家都不知道说什么才好，妈妈喝着茶，爸爸让我啜了几口啤酒。我们就这么坐着，你看着我，我看看你，一会儿哭，一会儿笑的。

不多久，有人在门上轻轻叩了两下，我去开门，是米娜来了。她站在那儿，既害羞又安静，倒像是和我初次见面似的。她开口说了些什么，却含含糊糊，让人听不出个所以然。后来她索性闭了嘴，径直盯着我瞧。

"来看看她吧。"我说道。

然后我牵起她的手走进厨房。她很客气地向我父母问好，还请他们别介意自己的突然造访。爸爸往旁边挪了挪，让米娜靠近桌旁。她低下头看着小宝宝。

"她好漂亮，"她重重喘了一口气，又说，"她真是与众不同！"

然后她就和我们一起笑开了。

当她再度开口说话的时候，还是害羞得不得了。她小声地说："我带来了一份礼物，希望你们不会介意。"

她展开一幅斯凯力的画像。画里的他，翅膀高高地在身后张开来，白净的脸上挂着温柔的笑容。

妈妈倒吸了一口气。

她看看我，又看看米娜。有那么一会儿，我以为她会要问我们一些事情。但她只是对着我们笑。

"这是我随便画的，"米娜说，"我只是想，如果把它挂在床边，也许可以逗小宝宝开心。"

"这真是一幅好作品，米娜。"妈妈说着，把它从米娜手里接过来。

"谢谢，"米娜说，好像连手脚都不知道该往哪里摆了，"我该告辞了。"

我送她到门口，两人相视而笑。

"明天见，米娜。"

"明天见，迈克尔。"

我目送她走进黄昏。悄悄话从街对面跑到米娜脚边。当米娜蹲下来摩挲着悄悄话的那一时刻，我真的看见了她背上那对如梦似幻的翅膀。

我回到厨房的时候，他们在讨论应该帮小宝宝取个好名字了。

"珀耳塞福涅。"我说。

"拜托别再提这个拗口的名字了。"爸爸说。

我们又想了一会儿，最后决定叫她喜乐。